NEKO NEKO DAISUKI
ねこねこ大好き

Illustration
ひげ猫

登場人物紹介
Main Characters
カーミラ
魔軍の最高幹部。
血を操る吸血鬼の魔王。
生真面目で心配性な一面も。
朱雀(すざく)
魔軍の最高幹部。不死鳥の
魔王で死ぬことがない。
喧嘩や争い事が大好き。
レイヤ(新庄麗夜(しんじょうれいや))
本編の主人公。16歳。
人間不信の一方で寂しがり屋。
女性だと頻繁に間違われる。
ハクちゃん
ギンちゃんの娘。
好奇心旺盛で遊びたい盛り。
とても可愛らしい。

ルファー
堕天使・エンジェル家を
束ねる長。
自身の野望実現のため、
ゼラの解放を目論む。
ゼラ
初代魔王。かつて世界中の
生物を殺戮した。魔王城の
地下深くに封印されている。
ティア
数多のスライムが合体し、
人化した存在。
ステータスの数値が異様に高い。
とことんレイヤに尽くす。
ギンちゃん
銀狼のモンスター。
警戒心は強いが、身内には優しい。
家庭的なお母さん。

第一章　平和で最強な魔界

俺——新庄麗夜（しんじょうれいや）が魔界に来てから一月（ひとつき）が経った。

今日も魔王城の大食堂で、スライムの少女ティアを含め、約六百人の魔王とその部下五千人と一緒に、朝ごはんを食べる。

「いただきます」

東京ドーム五個分の広さを持つ大食堂も、皆が口をそろえて手を合わせれば揺れ動く。

凄（すさ）まじいスケールだ。圧倒的としか言えない。

背もたれがある質素な椅子の上で、愛（いと）しいティアが作ってくれた朝ごはんの香りを嗅（か）ぐ。

白いごはん、カボチャの煮つけ、川魚の塩焼き、納豆、豆腐の味噌汁、なすと白菜の漬物が並んでいる。

手始めに、味噌汁のお椀を持つ。亜人の国から輸入した、木彫りに漆を塗った代物（しろもの）で、実に日本的だ。

箸（はし）も木彫りでおそろいだ。亜人の国の、エルフ王家の紋章である、麦の模様が刻まれている。

「良いね」

手に馴染む。これを作った職人は手先が器用だ。

「嬉しそうだね」

左隣に居るティアが箸を止めた。ティアの食器も俺とおそろいだ。

「生成チートで作った食器よりもずっと良い」

軽くて持ちやすいし、滑らない。実用性も十分だ。

「亜人の国からプレゼントしてもらって、良かったね」

「実に良いものだ。ラルク王子は俺のことを分かってる」

あまりにも綺麗だから、三日間、使うべきか飾っておくべきか迷ったけど、使って正解だった。

「麗夜が食器に夢中なんて珍しいね」

ティアはもぐもぐと咀嚼しながら言う。

「これを見ると目が休まるからな。ラルク王子、ありがとう」

魔王城の壁、床、天井は、臓物をぶちまけたかのように赤黒く光っていて、正直目が痛い。

初代魔王ゼラの趣味らしいが、悪趣味としか言えなかった。

一月も居たらさすがに慣れてきたけど、それでも禍々しいことに変わりない。

それを愚痴ったら、すぐに家具や食器をプレゼントしてくれた。

「確かに優しい感じがするね」

ティアは木造りのテーブル、椅子、羊の毛で作った絨毯(じゅうたん)に目を移す。

「今まで生成チートで作ったパイプ椅子とか使ってたけど、あれより全然いいな」

「ご機嫌だね」

クスクスとティアが微笑むので、俺は少し恥ずかしくなった。

「食器も良いけど、ごはん冷めちゃうよ」

「分かってるさ」

食器の批評は終わり。味噌汁をすする。

「うまい」

出汁と味噌のほどよい塩辛(しおから)さ。ごはんによく合う。漬物の漬かり具合も良し。

カボチャの煮つけは甘くて美味(おい)しい。川魚は身が締まっていて、納豆はしっかりねばねばしてる。

理想の朝ごはんだ。

「ただでさえ美味しいのに、さらに美味しくなった」

「えへへへ」

ティアははにかみながら、改めてお椀の模様を見た。

「うん！　ティアもこれ好きになった」

そしてさっきの一口よりも、多めにごはんを口に入れる。

「とっても美味しい」

ティアは自分で作った朝ごはんに満足げに頷(うなず)いた。

「また腕を上げたな」

「にへへ。食器のせいかな？」

「食器はおまけ。確実に腕が上がってる」

「うへへ！　やった」

ティアはテレテレと頬を赤くして、カボチャの煮つけを箸でつまむ。

「麗夜、あーん」

そして、ニコニコとそれを差し出してきた。

「あーん」

気恥ずかしいけど、断ると悪いので食べる。

口の中で、カボチャがホロホロと崩れた。自分で食べるより、美味しく感じるから不思議だ。

「お返し」

俺もカボチャの煮つけを箸でつまんで、ティアに差し出す。

「ありがと」

ティアがぱくりと食べて、ハムハムと口を動かした。

「へへへ。美味しい」

そして、お返しにと、今度は川魚の塩焼きの身を解(ほぐ)す。

「あーん」

食べさせっこの始まり。一度始めたら、食べ終わるまで止まらない。

行儀が悪いけど、楽しいからやめられない。

「うまうま」

俺とティアが食べさせっこしている間に、右隣に座る銀狼の少女ハクちゃんは、元気にオムライスとハンバーグのお子様ランチを食べていた。

このお子様ランチは、ハクちゃん専用の特別製だ。お母さんのギンちゃんが、わざわざハクちゃんのために作ったのだ。

「あぐあぐ」

オムライスとハンバーグを口いっぱいに頬張る。口元がケチャップやソースで汚れてもお構いなしだ。

夢中で食べるので、ガチャガチャと銀のスプーンと陶器の皿がぶつかり合う。

「美味しい？」

幸せそうな笑顔に、俺は微笑みかける。

「うん！」

桃のシャーベットをリンゴジュースで流し込みながら、ハクちゃんが慌ただしく頷いた。

ラルク王子がくれた、ハクちゃん用の綺麗な刺繍入りの前掛けが、ジュースとソースでベタベタになっている。

「ふふふ」

ティアが、そんなハクちゃんを見て笑った。

「ハク、もうちょっと行儀よく食べろ」

お母さんのギンちゃんは、ちょっと離れたティアの隣から、ため息交じりに注意する。

「分かってる分かってる」

ハクちゃんは生返事だ。そして、ごはん粒を頬っぺたにくっつけたまま言う。

「おかわり！」

ギンちゃんはそれを聞くと、ホカホカの鶏肉ゴロゴロシチューを掬う手を止めた。

「全く、仕方のない娘じゃ」

ギンちゃんは元気いっぱいな娘の躾に悩みながら、大食堂の奥にある厨房へ向かった。

「麗夜、あーん」

「あーん」

マイペースにティアと食べさせっこをしながら、一緒に食べる魔王たちを見渡す俺。

不死鳥の魔王朱雀、リスの魔王ケイブル、吸血鬼の魔王カーミラ、バジリスクの魔王メデューサ、ゾンビの魔王マリアちゃん、オークの魔王ガイなど、魔軍所属の魔王がズラリと座っている。

彼らは魔軍の最高司令官や最高幹部だ。

魔軍を動かすには、彼らとのコミュニケーションが必須なので、仲良くなるため近くに座るようお願いしている。

狙いは成功、みんな最初は緊張していたが、今ではリラックスして、美味しそうに食事をしてくれる。

「ガハハハ！」

魔軍の切り込み隊長であるガイが楽しそうに、小樽のような鉄製の大ジョッキを掲げ、五度目の乾杯をした。

魔王の中でも巨漢のガイは、ウィスキー並みに度数の高い酒をガブガブ飲みながら、皿いっぱいの骨付き肉を、生で骨ごと食べている。

この酒も、亜人の国から輸入したものだ。

度数が高すぎて、俺もティアもギンちゃんも飲めなかった。

ガイが興味津々だったため試しにあげてみたら、とても気に入ってくれたのだ。

「ガハハハ」

ガイは笑い上戸（じょうご）なのか、笑いながらジョッキで酒を一気飲みする。

鎧ネズミの胸当てにボロボロのズボン、背中に大斧を背負っているから山賊みたいだ。

もうちょっとちゃんとした服を着て欲しいけど、戦いが本能の彼にとって、小綺麗な服装は動きづらいらしい。

ある意味、あの荒々しい姿こそ彼の正装だ。

「ガハハハ！」

ガイの笑い声は大食堂に良く響く。うるさいが、皆を笑顔にする力があるので注意はしない。

ハクちゃんがガイを真似して、ジュースを一気飲みした。

「ふむ。良い」

魔軍副司令官のカーミラが静かに微笑む。

彼女は黒くて軽い、血を魔力でこねた鎧をまとっている。赤い髪がサラサラと輝き、見た目通り礼儀正しく、物静かな女騎士。

魔王の中でも美人なカーミラは、トマトと酒を混ぜたカクテルにご満悦。カクテルグラスも似合っていて、実に絵になる。おつまみは鳥や豚の血で作ったゼリーだ。

丁寧(ていねい)にスプーンで掬い、小さく口を開けて食べる。そしてスッと喉にカクテルを通していた。

本当に上品だ。

「ああ……こんなに美味しい果物を、好きなだけ食べられるなんて」

魔軍最高司令官のケイブルは、たくさんの果物に感激していた。

彼はトナカイのような角(つの)を持ち、腕や脚には、茶色のふさふさした毛が生えている。

顔はリスをいかつくした感じで、ドラゴンにちょっと似ている。

上半身に分厚い鉄鎧をつけていて下半身は裸。まるでゴリラとドラゴンのキメラのようだ。

以前、俺は魔王たちに、人と同じ姿になるようにお願いした。

魔王たちは了承し、人型となった。

ある者の肌は蛇(へび)のような鱗(うろこ)、ある者の肌はゾンビのように血色が悪い。変身しても種族の特徴が残るためだ。

しかしケイブルは変身するのが苦手だった。だから彼は現在、魔王の中で唯一、人とはかけ離れた姿をしている。

「美味しい」

そんな恐ろしい姿をした魔王が、桃やクルミ、リンゴに感動しているのだから微笑ましかった。

ひまわりやリンゴなどの種(たね)を、一粒ずつ爪先(つまさき)でつまんで食べているから、リスのように可愛らしくて仕方ない。

おまけに笑うと目元が優しくなる。そう、性格は穏やかで優しいのだ。

「うふふふ」

メデューサは生肉の塊(かたまり)を丸呑(の)みしながら、日本酒を楽しんでいる。チロチロと蛇の舌が踊るように赤い唇からはみ出した。

蛇だけに蟒蛇(うわばみ)なのか、まだ朝なのに三樽も飲んでいる。

そして、彼女はなぜ下着もつけずに、ローブを羽織っただけの姿で動き回るのだろう。チラチラと太ももや胸元が見えるから、こっちが恥ずかしくなる。

魔王には羞恥心が無いので、仕方ないのかもしれない。

「甘い」

マリアちゃんは、ケーキをバクバク食べていた。これ、なんと彼女の手作りなのだ。

亜人の国からもらったお菓子が美味しかったようで、自分で作ってみたいと言い出した。

初めは不味かったがすぐに上達、今では俺やティアよりもお菓子作りが上手い。

元人間だからか、マリアちゃんは手先が器用だ。よくハクちゃんに、手作りのお菓子を作ってあげている。

レパートリーは広く、ケーキ、パイ、シュークリーム、饅頭など色々作れる。味も、チーズ味だったりチョコ味だったりバナナ味だったり。

そんな彼女はハクちゃんとおそろいの子供用ドレスを着ていた。

「マリアちゃん、私にも頂戴」

おかわりが来るまで退屈だったらしい。ハクちゃんがトトトッと、マリアちゃんの元まで走る。

「良いよ。その代わりなんか頂戴」

マリアちゃんは苺のショートケーキを差し出して笑った。

「何が欲しいの？」

ハクちゃんは内容を聞く前に、ケーキに口を付ける。なんというか子供らしい。

「じゃあ遊んで！」

「うん、じゃあ駆けっこしよ！」

そうしてマリアちゃんとハクちゃんは、唐突に大食堂を飛び出していった。

「ご馳走様くらい言って欲しかったな」

「二人とも、後でギンちゃんに怒られるね」

ティアと二人で、叱られるハクちゃんたちを想像して笑った。

ふと、左手の長テーブルにいる、ドラゴン騎士団とワイバーン騎士団が目に入った。

「うん、うまい」

ドラゴン騎士団隊長のダイ君は、ワイバーン騎士団隊長のキイちゃんが作ったクリームシチューを、白いパンに絡めて食べていた。

こちらまで良い香りが漂ってくる。本当に美味しそうだ。

「ティア様に教えていただいたから、当然よ」

キイちゃんは穏やかに口元を緩ませた。

最近は魔軍にかかりっきりだけど、あの様子だと、楽しくやっているようで安心した。

「平和だな」

朱雀が俺を見て微笑む。

「良いことだ」

このまままったり暮らしたい。

「ハクの奴、どこに行った……？」

おかわりを持ってきたギンちゃんが低い声で唸(うな)った。

ハクちゃん親子は平和じゃなさそうだ。


「ご馳走様でした」

朝ごはんをゆっくり楽しく食べて、二時間後、俺たちは手を合わせた。

「皆、食器はちゃんと厨房に持って行ってね」

ティアが言うと、魔王たちは慌てず騒がず、食器を落とさないよう両手で持って、厨房まで行列を作る。

一月前は慣れなかったためか、行列の周りで右往左往したり、早く進めと声を荒らげたり、食器を落としたりと大変だった。今は苦も無く片付けができている。

それに以前は、食べ終わっても口や手を拭(ふ)かなかったため、肉汁や血、果物の果汁などで口や手がベタベタだった。

おかげで食器はもちろん、服やテーブルも汚れた。

それが今では、しっかりとナプキンで拭いている。

少しずつマナーが身につき、協調性や秩序(ちつじょ)、ルールを守る習慣も芽生えていた。

「良くなってきたね」

ぼそぼそっとティアが耳元で言い、微笑んだ。

「おかげで、皆も仲良くなってる気がするよ」

意識改革が上手くいっているのだろう。

魔軍は好戦的な魔王の集まりで、非常に我が強い。だから協調性が無かった。それが少しずつ改善されていると感じる。

そんなことを思っていると、食器を戻し終わったガイが、ゴキゴキと首を鳴らしながらやって来た。

「終わった終わった！」

乱暴に座ると丸椅子がギシギシ軋む。そして退屈だと言うように、大あくびをかました。

マナーが悪い。椅子に座る時はそっと。巨体なんだから丁寧に扱わないと壊れてしまう。

それに、堂々と大あくびするのもいただけない。

「まだまだ時間かかるね」

隣でティアが呆れた声を出した。

「全くだ」

俺は作り笑いで返すしかなかった。しかし、ここでがみがみ叱るのはダメだ。

彼らは食事のマナーを習っているが、日常生活においてのマナーはまだ知らない。

それなのに怒れば、彼らは何がなんだか分からず怖がってしまう。

俺は恐怖で支配したいんじゃない。あくまでも仲良くしたいだけだ。

今回は見なかったことにしよう。注意するのは、日常生活のマナーを教えてからでいい。焦(あせ)る必要はない。少しずつ、一歩ずつ歩み寄る。

それが俺流の接し方だ。

「窮屈(きゅうくつ)だった？」

俺は笑顔でガイに話しかける。

「いやはや、椅子に座って服を汚さずに食うってのは、やっぱり慣れねえですね」

ガイはやはり疲れたように、頬杖をついて足を組んだ。

「ババッて口に放り込みたいんだけどね。まどろっこしくてイライラしちゃうわ」

メデューサもガイの隣に来て、テーブルの上に座った。

さすがにテーブルの上に座るのは、はしたない。叱るべきか？

「ふむ。難しい」

ティアも俺と同じことを思ったのか、テーブルに両肘をついて、頬杖をつく。

「俺たちもマナー悪いな」

「およ？」

ティアは頬っぺたから手を離して、自分の体勢を確認した。

「マナーは難しい」

ティアの仰々しい顔が面白かった。

まぁ、今はメデューサとガイには何も言わないでおこう。

皆の様子を見る。

他の魔王たちも食器を戻し終わると、ガイと同じように安堵した顔をしていた。

ガイと同じ考えの者が多いようだ。

意識改革とは、今までの習慣を矯正するということだ。想像以上のストレスだろう。

ガイとメデューサの態度はそれが露わになっただけ。

「無理させてごめんよ」

この矯正は、強制に近い。そう思うと心苦しい。

何せ俺自身、強制されるのが大っ嫌いだから！　誰が言うことなんて聞くか、と思ってしまう。

「そんな！　麗夜様が謝るなんて！」

ガイが血相変えて、あたふたし始めた。メデューサもオロオロする。

「そうそう！　麗夜ちゃんには麗夜ちゃんの考えがあるんでしょ！　気にしないで」

「俺たちはバカばっかりですから！　無理した方が頭が良くなるってもんで！」

他の魔王も大混乱になってしまった。

「お前たち！　麗夜様に口答えするとは何事だ！」

騒ぎを聞きつけてやって来たカーミラは、顔を真っ赤にしてカンカンだ。

「麗夜様！　怒らないでください！　泣かないでください！　麗夜様は一ミリも悪くないんですから！」

気の小さいケイブルなんて、全く悪くないのに土下座していた。

皆の困惑する姿に、俺の方が困惑してしまう。

「落ち着いて。俺は怒ってない。むしろ皆に感謝してるくらいだ」

世間話くらいの気持ちで謝ったのに、こんなに大騒ぎになるなんて思わなかった。

「感謝されたわ！」

「俺たち凄いな」

「むしろ麗夜様が凄い」

良く分からない感動が広がっていく。

「麗夜様……なんとお優しい」

カーミラは涙を流していた。初対面では冷たい印象だったけど、実のところとても感情が豊かだ。

「ありがとうございます！」

ケイブルはペコペコお辞儀している。

君って本当に、お辞儀と土下座が好きだね。魔王の中で一番忙しいんじゃないか？

「はは……まぁ、良いか」

思わず、俺の口から苦笑が漏れた。

この騒がしさは楽しい。魔王は個性的で我が強い。直情的で短絡的だ。

でも、だからこそ、子供のように素直だ。

それがなんだか嬉しい。

「上手い具合にまとまってきたな」

煙の雲の上でごろ寝していた朱雀が、キセルを吸いながら言った。

「まとまってる？」

ガイとメデューサが反応した。

「昔はこうやって顔合わせると、言い争いか殴り合いか殺し合いだっただろ」

笑いながらの朱雀の言葉に、ガイが腕組みする。

「確かに、こんな風に皆と話したことはねえな」

メデューサも腕組みして唸る。

「大声出さないのも初めてかも」

二人が神妙な顔をすると、近くで話を聞いていた魔王たちも同様の表情を浮かべた。

「俺たちは基本的に、好き勝手やってたからな」

そう言って、魔王たちが顔を見合わせて頷き合う。

思い出したように、メデューサがガイに話しかけた。

「ごはんの取り合いで、殺し合いになった時もあったわね」

「そう言えば、お前が産んだ卵をつまみ食いして喧嘩になったな」

「あの時は二日くらい殺し合ったわね。カーミラちゃんが止めたからやめたけど」

「そしたら次の日、俺の部下がお前に食われた」

「こっちもつまみ食いしなくちゃ」

「それでまた喧嘩になったな！」

「一週間くらい戦ったわね！」

ガイとメデューサは、笑顔で物騒な昔話をしている。

俺が来る前まで、魔界は雑草も生えない地獄だった。

だから、仲間割れも共食いも日常茶飯事だった。でも今は違う。争う必要はない。

「皆にはもっと仲良くして欲しいんだ」

説明しなくても受け入れてくれるだろうけど、事情くらい話しておかないと気持ちが悪いし、理由を知れば不満を抱かずに済むと思う。

仲良く楽しく。それを心掛けたい。

「昔はごはんが無くて争うこともあったけど、今は違う。だから仲良くして欲しい」

「別に俺たちは、喧嘩するつもりはありませんぜ」

ガイはガハハと、粗野に笑う。

「喧嘩しないのは当然だ。皆には、相手を気遣う心を持って欲しい」

「気遣う？」

魔王たちが首をひねる。

「相手の気持ちを考える。例えば困っている相手を助けるとか」

「助ける……」

魔王たちは難問に出会ったかのように、難しい顔になる。

そこまで考え込む必要はないんだけど……。

皆にとっては考え込まないと理解できないくらい、馴染みのない言葉のようだ。

「相手が何か困ってたら、ちょっと手を貸すだけでもいい」

「でも私たちってバカだから、何に困ってるかなんて分からないわ」

メデューサが呟くと、皆が一斉に頷いた。

「だからこそ、自分が困ったら気軽に、仲間に相談して欲しい」

「相談？」

今度はしかめっ面だ。

魔界は荒れ果て、誰しもが自分のことで精いっぱいだった。だから助け合うことも相談することもできなかった。容易に想像がつく。

「お腹が空いたからごはん分けて、とか。足が痺れたから肩貸して、とか」

「めんどくさいわね」

メデューサが言い、またも皆が頷く。慣れてないから仕方ない。

「本当に面倒だったら助けなくていい。でも、できるだけ助け合って欲しい」

「それだったらまあ……」

納得していない空気だ。分かってもらうには、時間と根気が必要だな。

「朝ごはんでマナーを守るってのは、その練習。相手への気遣い。ちゃんと時間通り席に座るってのも、立派な助け合いなんだよ」

「そうなんですか？」

「現に、俺は助かってるよ」

「そうなんですか！」

ガイが食い気味に詰め寄ってきた。

「皆がマナーを守って、一緒に食べてくれるからね」

「なるほどなるほど！　それが気遣いですか！」

納得したようで一斉に頷く。

「ならもっと、麗夜ちゃんと仲良くなりたいわ」

スルッとメデューサが俺に腕を絡めてきた。蛇だから動きが素早い。

「俺と狩りに行きましょうよ。絶対に楽しいですぜ」

ガイがガハハと、俺の肩に手を置いてきた。

「わ、分かったから離れて」

最終的に、俺は皆にもみくちゃにされてしまった。

気遣いを学ぶには、もう少し時間が必要なようだ。

朝食が終わったら夕食まで自由時間。各自、自由に過ごす。

俺はいつも通り、自室で亜人の国との交易と、魔軍の意識改革計画案について考えようと思った。

ところが席を立った時、珍しく声を掛けられた。

「麗夜様。やっぱり今日は、俺たちの狩りを見てくだせえ」

ガイが、身の丈ほどの大斧を片手にやって来た。

その後ろにはメデューサなど魔軍幹部たち。なぜか不機嫌そうで鼻息が荒い。

「どうしたの？」

俺が椅子に座り直すと、ティアも同じようにした。

ガイはいつも、朝食が終わると仲間を連れて外に行く。だから今日もてっきり、そうするものだと思っていた。

声を掛けてくれたのは嬉しい。どんどん気軽に話してもらって構わない。

だけど、険しい顔で話しかけられたら別だ。心配になってしまう。

「あいつらが俺たちに、弱いくせに調子乗るなって言ってきたんで。喧嘩する訳にもいかねえから、別の方法で実力を分からせてやろうと」

ガイが、大食堂の扉前でたむろする仏頂面（ぶっちょうづら）のドラゴン騎士団とワイバーン騎士団を指さした。

「何かあったの？」

俺は椅子から立ち上がって騎士団の方へ行き、ダイ君に事情を聞く。

「事実を言ったまでです。俺たちの方がお前たちよりも麗夜様に相応（ふさわ）しいから、麗夜様に馴れ馴れしくするなって」

ええ……。

「突然どうしたの？」

「だってあいつら、昨日も今日も麗夜様にため口ですよ！　さっきなんて麗夜様にとんでもない無礼を！」

ダイ君がギリギリッと、ガイたちを睨（にら）む。

すると、ダイ君の隣に居たキイちゃんも唇を尖（とが）らせる。

「今まで我慢してきましたが、あいつらは頭が悪いです！　なのに、麗夜様直属の騎士団である私たちにため口なんて！」

カリカリしてるな。

「麗夜様に寵愛（ちょうあい）をもらってるからって、調子に乗ってんだ」

エメ君など今にも殴りかかりそうだ。血の気が多いね。

しかし、いったいどうしたのか？　今まで問題なかったのに。

「麗夜に構ってもらえなくて、不貞腐れとるのか？」

食器洗い中のギンちゃんが、騒ぎを聞きつけてやって来た。慌てて来たらしく、エプロンに泡を付けている。

「不貞腐れている訳では……」

もごもごとダイ君たちが口ごもる。

そう言えば、魔王たちと仲良くするのに必死で、ダイ君たちとあまり話していなかった。

「嫉妬しているの」

ティアが腕組みしながらトコトコ歩いてきた。

「ダイ君たちの気持ちは分かる。ティアも、麗夜を取られたら悔しい」

取られるってなんだよ。

「うう……嫉妬という訳では……」

ダイ君たちは図星なのか、たじたじだ。

「せっかく話しかけてやったのによ。文句言われるなんて思わなかったぜ！」

ガイはダイ君の前に来ると、仁王立ちで睨む。

売り言葉に買い言葉で、負けじとダイ君も睨み返した。

「お前たちが失礼なのは事実だ！　麗夜様が許しても、俺たちは許さないぞ」

二人がカッカするので、それにつられて皆も熱くなっている。

このままだと完全に仲違いしてしまう。

「ガイたちはどんな風に話しかけたの？」

一応、詳細を確認しておく。

「普通に、おい、って言っただけですよ」

ガイは貧乏ゆすりしながら憤慨する。

乱暴な言い方だったんだな。人によっては喧嘩腰に感じるかも。

それに、気持ちは分かるけど貧乏ゆすりはダメだ。ダイ君たちがそれでイライラしちゃう。

「事情は分かったけど、どうして狩り勝負なの？」

「喧嘩する訳にはいかねえですから。狩りなら、どっちがつええか分かるってもんですよ」

ガイはガハハと腹の底から笑った。

なかなか難しい……。

白黒つければ、とりあえず騒ぎは収まる。しかしそれだと、どっちが勝ってもしこりが残る。

「どうしようかな……」

喧嘩両成敗とする訳にもいかない。ガイたちは普通に接しただけだから。

悪いのはダイ君たちだ。たとえ口が悪くても、喧嘩を売って良い理由にはならない。

しかしこの騒ぎの原因は、俺の不注意でもある。もうちょっとダイ君たちを気にすれば良かった。

「毎日勝負してみれば良いんじゃねえか」

困っていると、相変わらずプカプカ浮かんでいた朱雀が、助け舟を出してくれた。

「毎日ってどういうこと？」

「今日勝ったら、その日はそいつが偉(えら)い。でも次の日負けたら、その日は相手が偉い」

なるほど、それなら不満を引きずらなくて済みそうだ。

お互い引くに引けない感じだから、喧嘩の一つも必要かもしれない。

朱雀の提案は、適度にお互いの不満をぶつけ合える、ガス抜きに思えた。

「朱雀の言う通りにしてみたら？」

文句のつけようのない案だったので、ガイとダイ君に聞いてみる。

「良いぜ。今日も明日も明後日も、永遠に俺たちが勝つんだからな。口だけが達者な騎士なんて目じゃあねえぜ」

「こっちの台詞(せりふ)だ。毎日敬語の勉強をさせてやる」

二人は魔軍幹部と騎士団を引き連れ、お互いに牽制(けんせい)しながら外へ向かった。

「まさか、こんなことになるなんて思わなかった」

皆が居なくなると、俺はついつい愚痴を言ってしまう。

「皆、麗夜が大好きだからねぇ」

そう言いながら、スリスリッとティアが頬ずりしてきた。

「ティアも麗夜が大好き」

「どういうことだよ」

くしゃくしゃとティアの頭を撫(な)でる俺。

「大好きだから良いの」

ティアはへにょへにょっと、赤ちゃんみたいにあどけない顔になる。可愛い。

「俺も大好きだぜ」

すると、どさくさに紛(まぎ)れて朱雀もすり寄ってきた。

「気持ちだけ受け取っておくから離れろ」

俺はこつんと、朱雀の額(ひたい)にデコピンする。

そして、額を押さえる朱雀を無視して、ティアとギンちゃんを誘った。

「心配だし、皆で様子を見に行こう」

「私は皿洗いがあるから遠慮しておく。二人で行ってこい」

ギンちゃんは手をヒラヒラさせて厨房へ戻っていった。

「ティアは一緒に行くよ」

「離れろ。歩きづらいぞ」

ティアがぎゅうぎゅう抱き付く。

「いやぁ～ん。今日はこのままが良い」

俺はティアに抱き付かれたまま、ガイたちのあとを追った。

「それにしても、外に出るのは久々だな」

考えなければならないことが多く、部屋に引きこもっていた。

いい機会だから散歩しよう。緑豊かになった魔界も見てみたいし。

そうして魔界の森に入ったのは良いのだが、異常事態が発生していることに気づいた。

「なんか、木がデカくね？」

木々の全長は五百メートル近い。高層ビルみたいだ。

一月前に見た時は、普通の大きさだったはずなんだけど……。

「てかあれって、カブトムシとセミ？」

木の蜜(みつ)を吸う虫の大きさが異常だ。人間よりも大きい。

あれに噛(か)みつかれたら、樹液みたいに体液を吸われて一瞬で干からびるぞ。

やがてドッスンドッスンという地鳴りとともに、黒い影が近づいてきた。

見上げてみると百メートルはある巨大な熊だった。ガリガリと木を引っ掻いて樹液を舐(な)めている。

「なぜ……？」

タンポポなどの雑草は、十メートルを超える大きさに成長している。

まるで自分が小さくなったみたいだ。何が起きたの？

「人間に変身したままで良いな？」

「麗夜様は人間の姿で暮らせとおっしゃった。ならば異論などない」

ガイとダイ君たちは、気にした様子も無く勝負を始めようとしていた。

「皆に聞きたいことがあるんだけどいい？」

まるで動じない皆に、俺は声をかけた。

「麗夜様！　どのようなご用件で！」

ダイ君が背筋を伸ばして敬礼する。

皆の前だからカッコつけてるな。それよりも、異様な光景に驚くのが先じゃないかな？

「なんかデカくなってない？」

俺は木や熊を指さして尋ねた。

「食べ応(ごた)えがあります！」

うーん、それは答えになってない。

「麗夜様、どうしたんで？」

ガイが気になったのか、こっちにやって来たので聞いてみる。

「なんか皆、デカくなってね？」

「そうですか？　むしろ小さくなってますよ」

ガイは魔王たちを見る。

確かに君たちは人間に変身したから小さくなったけど……違う、そっちじゃない！

「森、デカくなってね？　虫とかも」

「そうですか？」

ガイは森を見渡す。

「昨日と変わりませんよ」

そしてガハハと笑った。

なるほど、君たちは毎日見てるから、木が異常に成長していることに気づかないのか。

でも、こんだけ大きくなってたら、おかしいって思わない？

ドドドドドドドド！

俺が頭を抱えていると、不意に森の中から土埃がやって来た。

ガリガリガリガリ！

土埃が目の前で止まり、削岩機を作動させたような音が響く。

「いっちばーん！」

中からハクちゃんが現れた。

ハクちゃんが万歳すると、ワンテンポ遅れて再び土埃がやって来た。

再びけたたましい音がして、鼓膜が震える。

「負けた！」

土埃がやむと、マリアちゃんがぷくっと頬っぺたを膨らませていた。

「えへへへへ！　またマリアちゃんがケーキ作ってね！」

「ムー。今度はハクちゃんが作ってよー」

「マリアちゃんが勝ったらね」

「ムー！　私だってハクちゃんが作ったケーキ食べたい！」

ハクちゃんは笑顔で、マリアちゃんは膨れっ面。

そう言えば二人は、駆けっこすると言って外に出ていったっけ。

「二人とも服が汚れてるね」

スカートの裾が泥だらけだ。靴はやすりで削ったみたいに傷だらけだ。

ソックスも破けている。もちろんあちこち土埃がついている。

ギンちゃんが見たら怒るな。

「ほんとだ……」

ハクちゃんはスカートの裾を掴むと、泣きそうな顔になった。

お気に入りの服が汚れて、悲しくなってるんだろう。

「皆、何してんの？」

しかし、彼女はすぐに表情を変えて、ガイの足を突いた。

切り替えが早い。好奇心旺盛だから、面白そうなことにはすぐに飛びつく。

「狩り勝負しようとしてんだ」

「狩り勝負！」

ガイの答えを聞いて、パッと目の色を変えた。

「一緒にやってみるか」

「うん！」

ハクちゃんが鼻息荒く頷くと、マリアも目を輝かせる。

「ハクちゃん！　また勝負しよ！」

「良いよ！　ところで狩りって何？」

俺はズルッとこけてしまった。知らないから興味津々だったのか。

狩りは生き物を殺すことだ。ハクちゃんは意味を知ったらどうするのだろう？

マリアちゃんがクスクス笑うので、ハクちゃんが言う。

「マリアちゃん、私のことバカにしたでしょ」

「してないよ。でもハクちゃんに勝てた」

マリアちゃんが小さい胸を張ると、ハクちゃんはムスッとした。

「負けてないもん！　ただ知らなかっただけだもん！」

「怒らないでよ。後でケーキ作ってあげるから」

「アップルパイと桃パイも作って！」

「仕方ないなぁ」

マリアちゃんとハクちゃんは実に楽しそうだ。

「ところで、狩りって何？」

ハクちゃんはすっかり機嫌を直したようだ。無垢な顔で首をひねる。

「あそこに居るカブトムシとか熊とか、どれだけ殺せるかを競争するんだよ」

マリアちゃんが教えると、ハクちゃんは難しい顔をした。

「殺すのは可哀そうだよ」

「そうなの？」

マリアちゃんは不思議そうだ。

魔界育ちのマリアちゃんと、亜人の国で育ったハクちゃんとでは、やはり価値観が違う。

さてさて。どうなるかな。

ハクちゃんが殺生するのは嫌だから、俺はできればやめてもらいたいけど。

「ハクちゃんだって、熊とか豚とか生き物食べてるでしょ」

「うん」

「それって、豚とか熊とかを殺してくれた人が居るから、食べられるんだよ」

マリアちゃん、直球！

「なら狩りは悪いことじゃないね！」

ハクちゃん納得しちゃったよ。

「そうそう！　むしろ良いことだよ。自分で食べ物を取るんだから！」

「そっか！」

不思議な会話だ。阿吽の呼吸で分かり合っている。

ハクちゃんは元々が銀狼だから、自然界の掟も受け入れやすいのかもしれないな。

「なら、マリアは俺たちと組め。ハク様はあいつらだ」

ガイが椅子のように大きな肩に、マリアちゃんを乗せた。さすがの巨体だ。

「分かった！」

ハクちゃんは元気よく飛び跳ね、ダイ君のところに行く。

「私も連れてって！」

「ハク様がご一緒なら心強い」

ダイ君は爽やかな笑顔で、ガイと張り合うように、ハクちゃんを肩に乗せる。

「おい」

すると横から、エメ君がダイ君を小突いた。

「なんだよ」

「お前みたいな雑魚だと、ハク様が怪我するから引っ込んでろ」

「ふざけんなバカ野郎。訓練試合だと１００１勝９９９敗で、俺が勝ち越してるだろ」

「お前は間抜けか？　戦績は１００１勝９９９敗で俺の勝ちだ」

なんで騎士団内で仲間割れしてるんだよ。

「1000勝1000敗で引き分けでしょ。ハク様の前で見っともないことしないで」

キイちゃんが二人の間に入って止めた。

でも、ダイ君とエメ君は昔からのライバルだからか、勝手に盛り上がる。

「今ここで決着つけてやろうか?」

「望むところだ!」

二人ともキイちゃん越しに一触即発、サーベルに手をかけた。

キイちゃんも巻き込むつもりか?

二人とも魔王たちと同じように、マナー教育しなきゃならないな……。

「こら!」

俺が怒ろうとした時、ハクちゃんが俺に代わって、パチンとダイ君の頭を叩いた。

「喧嘩しないの! 仲良くしないとダメ!」

「ハ、ハク様……」

ダイ君は気まずそうにサーベルから手を離す。

「はっはっはっはっは! 怒られてやんの」

エメ君は自分のことを棚に上げて、ダイ君を指さして笑う。

「エメ君もだよ!」

ハクちゃんは、ダイ君の肩からエメ君の肩に飛び移ると、同じように頭を叩いた。

「仲良くしないとダメ！　喧嘩したら怒るよ！」

「う……」

プンプンとハクちゃんが腰に手を当てて怒るので、エメ君も黙った。

ハクちゃんに敵うのは、もうギンちゃんだけだな。

「ねえねえ！　皆もダイ君たちみたいに喧嘩して！」

すると突如、マリアちゃんがガイの頬っぺたを叩く。

「なんで俺たちが喧嘩しないといけないんだ？」

「良いから早く！」

ガイは眉をひそめるが、マリアちゃんは構わず駄々をこねた。

皆に一目置かれるハクちゃんに嫉妬したのか。

ガイたちに喧嘩してもらって、自分もハクちゃんみたいに叱ろうとしてるんだろう。

「うるせえな。叩き落とすぞ」

「も～、意地悪！」

マリアちゃんはガイに首根っこを掴まれると、ぶうぶうと文句を言った。

「それにしても……始まらないね」

グダグダな雰囲気に、思わずため息が出る。やるなら早くやればいいのに。

「こら！　ハク！」

さらにグダグダになる気配。ギンちゃんが走ってやって来た。

「げ！　お母さん！」

ハクちゃんはエメ君の背中に身を隠すが、銀狼のギンちゃんの鼻から逃げることなどできない。

「このバカ娘が！　朝飯を放り出して、やっと帰ってきたと思ったら、今度は狩りじゃと！」

案の定、ハクちゃんはギンちゃんに首根っこを掴まれた。

「お母さん！　私って銀狼だよ」

「そんなの知っとる」

「でも、私は狩りしたことない」

「そらそうじゃ。する必要ないからの」

「だからこれは勉強なの！」

「口ばかり達者になりおって」

グルルルルとギンちゃんが唸ると、傍に居たダイ君たちが震えた。ガイたちも震えている。お母さんには誰も勝てない。

「仕方ない。特別に許してやる」

ギンちゃんはエプロンを外してポケットに詰めながら言った。意外なことに、ハクちゃんが狩りに行くことを許可するらしい。

「ほんと！　お母さん大好き！」

「ただし！　私も一緒だ」

「ええ！　お母さんも！」

ハクちゃんの耳がしおしおっと萎れていく。

「私たちは銀狼じゃ。だから狩りをするのは当然。じゃが、遊び半分でやっていいことではない。この機会に命の尊さを教えてやる」

「そんなぁ！」

「我儘言うな！」

ギンちゃんは説教モードだ。誰も口を挟めない。グダグダな雰囲気が加速する。

「それにしても、どうしてギンちゃんはここに来たんだ？」

「ティアが呼んできたんだよ」

俺が聞くと、ぴょこんと横にティアが登場した。

「どうして呼んできたの？」

「お目付け役が必要かなって思って」

俺と同じ考えだったか。

確かにギンちゃんなら、最強のお目付け役だ。ハクちゃんも遊び半分で命を奪うなんてできない。

「ハクちゃんには、良い社会勉強になりそうだ」

ギンちゃんのお説教はまだ続いており、両手で耳を塞ぐハクちゃん。

……それにしても、いつになったら始まるんだ？　眠くなってきたぞ。

「ギンちゃん。そろそろお説教はやめてあげよ」

あまりにも長いので口を挟む。

「お主たちはハクに甘すぎる」

ギンちゃんは言い足りないのか、拳を腰に当ててため息をついた。

俺たちが甘いんじゃなくて、ギンちゃんのお説教が長いんだよ。怒るから言わないけど。

「そろそろ始めるか？」

ガイが口火を切る。ようやく始まりそうだ。

「しかし……そっちはハク様とギン様が居るのか」

ガイは不服そうな顔でこっちを見た。

「麗夜様とティア様は、俺たちに付いてきてくだせえ」

ええ……ややこしくなるようなことを。

「なぜお前たちと麗夜様が！」

予想通り、ダイ君が食ってかかった。

「そっちにハク様とギン様が居るんだから良いだろ」

「ダメだ。麗夜様は俺たちの物だ」

いやいやダイ君、俺は物じゃないぞ。

「麗夜様は俺たちの大将だ。お前たちの物じゃない」

その通りだけど、ダイ君だって俺の騎士団、つまり君たちは全員、仲間なんだよ？

「お前たちみたいなアホなど、麗夜様に必要ない」

「麗夜様の前だから我慢してたが、どうやら体に分からせねえと、理解できねえようだな」

ダイ君とガイが武器を抜いた。

目は充血して殺気満々。木漏れ日の温かさも、大地の柔らかさも吹っ飛んでしまう。

「ティアがガイのチームに入る。俺はここで待ってる」

手が付けられなくなる前に、妥協案を出す俺。

「ティアがガイに付いていくの？」

キョトンとするティアに、ごにゅごにゅと内緒話をする。

「ティアがガイに付いていけばとりあえず平等だ。お互い納得するはず……」

「本音はどうですか？」

ティアに聞き返されたので、俺は正直に答える。

「めんどくさくて仕方ない。殴り合いでもなんでも良いから、早く決着して仲直りしてくれ」

「ティアもそう思う」

そう言いながら、ティアがぴょんとガイの肩に座った。

「こっちはティア、あっちはギンちゃんとハクちゃんで平等だね」

「ティア様だけですか……」

ガイたちが恨めしそうに俺を見た。

「我儘言わないの！」

ティアはパシンと手を叩いて、皆を注目させる。

「もう始めよ！　待ちくたびれちゃった」

「す、すみません」

ティアがキツイ口調で言うので、ガイとダイ君は慌てて前を向く。

「お昼までに、たくさん狩れたチームが勝ち。良いね」

ティアがルールを説明すると、皆は納得したように頷いた。

「あと、虫は取っちゃダメ。熊とか猪とか、お肉限定だよ」

ん？　なぜ動物限定なんだ？

「ハーブとお魚も取って来てね」

狩りをお使いと間違えてないか？

「――じゃあ出発！」

ティアの号令でようやく始まった。

「行くぜぇえええええ！」

ドン！

ガイは足に力を溜めると、いの一番に走り出す。

「行くぞ！」

ダイ君も負けじと、全身に力を入れて走り出した。

「ごほ！　ごほ！」

大人数が一斉に駆けていき、残された俺は土埃で咳き込んだ。

「なんだか大変になったな」

やれやれと地べたに座り込んで休憩する。

「そして、一気に暇になった」

見上げれば、雑草や木々の枝がさわさわと揺れていた。

ぶんぶんと巨大な蜂が蜜を吸っている。

遠方で猪が走ると、ドシドシと地震が起きたかのように地面が揺れる。

「……なんで誰も、この光景を疑問に思わねえんだよ」

大きなため息が出る。

皆は全く気にしてないが、どう考えても異常だ。

雑草が天高くそびえるのはおかしいだろ？　熊や猪なんて怪獣みたいだぞ。

生態系が崩れているとかそういうレベルではない。明らかに別の存在になっている。

「まさか……動植物が魔王化してる？」

ハッと、俺の脳裏に嫌な予感が走った。

ダイ君やエメ君も、魔王になったら体が巨大化してしまった。それを考えると、この風景も納得できる。

「ちょっと待って、もしかして目につく物、全部魔王なの？」

背筋が寒くなる。

ブンブンブンブン。

俺がフリーズしていると、耳が痛くなるほどうるさい羽音が近づく。続いて空が真っ黒になった。

巨大蜂の大群だ。

大きさ相応に、羽ばたきも強い。数十メートル上空なのに竜巻の中に居るような風圧だ。

俺の髪やフードが、巻き上がる土煙で土まみれになった。

「ゴハン」

どうやら餌(えさ)を探しているらしい。大きな複眼(ふくがん)が忙しなく動いている。

「ゴハン」

一匹と目が合うと、その他大勢もこっちに目を向けた。

巨大な複眼がギラギラと光る。

まるでモンスターパニック映画だ。巨大な虫ってのはそれだけで怖い。

巨大蜂は獲物を見つけたとばかりに、お尻から針を出して、猛スピードで旋回を始めた。

さらには威嚇なのか、羽音を激しくさせる。

俺を食べる気だ。

パニック映画なら、連れの一人が逃げ出して、連れ去られる展開だ。もしくは目の前で襲われ、肉団子にされて食われる。

「君たち、もしかして俺の言葉分かる？」

だが俺は今、別の意味で恐怖していた。

「シャベッタ」

「ナカマ？」

蜂たちはお尻の針を引っ込め、羽ばたきを緩める。

「ナカマ？」

偵察なのか、一匹が俺のところに来ると、触覚で顔や腕を撫で回す。

「ジョオウサマ」

どうやら俺は女王蜂だったらしい。

……って、なんでだよ？　俺は男だぞ。

「ジョオウサマ」

蜂たちは雑草や地面に着地すると、俺の周りをうろつき始める。

一匹の蜂が、抱きかかえていた巨大芋虫を目の前に置いた。

「ゴハン」

これを食えってか？

「ジョオウサマ」

蜂たちは俺の機嫌を窺うようにうろつく。

ガサガサ、ザリザリと、周囲から虫が這う音がする。

蜂が居るから当然なのだが、問題は足音の大きさだ。

まるで車が行き交う大通りに居るみたいだ。

「ジョオウサマ」

近づきもせず、離れもせず、一定の距離を保つ。

俺にどうしろってんだ？　そんなお手上げ状態の時、上空から炎が近づいてきた。

今度はなんだ？

「何してんだ？」

朱雀がやって来た！

「朱雀！　会いたかったぞ！」

混乱の極み！　俺は思わず朱雀に抱き付いた！

「おいおい！　そんな！　昼間っから！　だけど良いぜ。ついに俺の想いが通じたんだからな」

朱雀がギュッと抱きしめてこようとしたので、我に返った俺は離れる。

「ありがとう。お前のおかげで、自分が混乱していると自覚できた」

「そりゃないだろ……」

朱雀は残念そうに肩を落とすが、気にしない。

「それはそれとして、こいつらはいったい何なんだ？」

朱雀は、ガチガチと歯を鳴らしながら取り囲む巨大蜂に目を向けた。

「なぜか俺のことを女王蜂と勘違いしている」

「さすがマイハニー。虫すらも虜（とりこ）にしたか」

嬉しくもなんともない。

「麗夜はこいつらが何してんのか、分かるのか？」

「俺のことを女王様って言って取り囲んでる。何がしたいのやら」

朱雀はキセルを咥（くわ）えて、巨大芋虫の死骸（しがい）を見つめた。

「麗夜の命令を待ってるんじゃないか？」

「俺の？」

「試しに、蜜でも集めてこいって言ってみたらどうだ」

それでどうにかなるのか？

「じゃあ、君たちは蜜を集めに行って」

「ショウチ」

巨大蜂はヘリコプターが離陸するような突風を巻き起こしながら、森の中へ消えた。

「命令聞いちゃったよ……」

どうしてこうなるんだ？　まるで分からんぞ！

「麗夜、顔が真っ青だぞ」

項垂れていると、朱雀に心配された。

そりゃ真っ青にもなるよ。

「朱雀に聞きたいんだけど、この光景、変だと思わない？」

「巨大な虫に、木に草、熊のことか？」

「そうそう」

「おかしいに決まってるだろ」

良かった。俺の常識は間違っていなかった。

「なんでこうなったか分かる？」

「なんでって？　そりゃ動植物が魔王化してるからだろ」

はっはっはっはっはっはっは！

「魔王化！　なんで！」

「魔界はゼラの瘴気、つまりゼラの強大な力で満ちていた。昔はそれで嵐を起こしていたが、今はなぜか生命を育む力に変質している。だから、ここで暮らしてりゃ嫌でも強くなるさ」

なんてこったい。いくらなんでも、森が魔王になるなんて思わなかった。

「……どうしよ」

「なるようになるさ」

朱雀が一通の手紙を差し出した。

「何これ？」

「魔王フランからの手紙。そろそろ約束の一月が経つから、会ってくれってさ」

魔王フラン？　誰だっけ？

「このフランって魔王は、なんで俺に会いたいの？」

「フランと平和条約を結ぶんだろ。約束しただろ、忘れたのか」

「そうだそうだ。魔軍は穏健派と戦争中だった」

「覚えておいてやれよ。相手は今か今かと楽しみにしてたんだぜ」

魔軍のことで精いっぱいだったから忘れていたが、悪いことをしてしまった。

「平和条約は結びたいんだけど……」

俺は、巨大蜂に代わって雑草の陰から現れた巨大蜘蛛に目を移す。

「色々問題が起きてるんだよなぁ」

頭痛と眩暈がするぞ。

「そう言えば、森全体が魔王化してるなら、ガイたちは大丈夫かな？」

「大丈夫ってのは？」

「狩りに行っちゃったんだ」

「大丈夫だろ。昨日も一昨日も、そこら辺の熊とかムカデとか狩ってたし」

ん、ちょっと待ってくれ。

「ガイたちは毎日毎日、巨大化した熊と戦ってたの？」

「そうだぜ。知らなかったのか」

知らなかったです。

「もしかしてガイたちも強くなってる？」

以前までのガイの力では、巨大化した熊に勝てるとは思えなかった。

「なってるぜ。レベルは数十億、超えてるんじゃねえか」

サラッと何言ってんのお前？

「……それで、いったいいつフランに会うんだ」

朱雀はそう言いながら、噛みついてきた巨大蜘蛛の頭を押さえた。

事も無げにやってるけど、朱雀も凄まじい勢いでレベルアップしているな。

「まずは水飲んで、頭冷やしてくる」

目を閉じると、「常識」が三途の川の向こうで手を振っていた。

「そろそろ慣れたらどうだ？」

朱雀の言葉に、俺は首を横に振った。

「慣れたら人間じゃなくなる気がする」

俺はとりあえず、地面から現れた巨大蟻(あり)の頭を撫でた。

「ジョオウサマ」

「だからなんでだよ」

まさか蟻まで……他の虫も続々と集まってるし。

「オカアサン」

巨大蜘蛛は母親と間違えるし、どうしたら良いんだ？

第二章　フラン連邦へ

魔界の森が魔王化してしまった。

万が一、こんなところに人間が迷い込んだら大変だ。

エンカウントする敵はすべて魔王。クソゲーとしか言えない。

「おまけに魔軍全体が、予想より強くなりすぎてる」

ステータスは怖くて見ていないが、魔軍たちは魔王化した森で平然と狩りを続けているのだ。

それに、「昔なら巨大化した熊に勝てた？」と聞いたら、「昔なら無理だ。でも麗夜様のおかげで強くなれましたよ！」と、シャレにならないことを言われた。

人間と平和条約を結ぼう。そうしないと人間が死滅する。

俺は、俺を虐(いじ)めたクラスメイトと決着をつけたいだけ。悪役になるつもりは全くない！　まして や人間を皆殺しにするなんて！

そんなこんなで色々と頭が痛いが、休んでいる暇はない。

現在魔軍は、人間との戦争に反対する穏健派と戦争状態にある。つまり魔界は内乱状態だ。

人間と和平を結ぶとか言う前に、内乱を終わらせないとどうにもならない。

幸い交渉の場は整った。

場所は、魔王フランが支配するフラン領だ。

明日、フラン領の入り口でフランさんと待ち合わせて、フラン領を見物したあと、和平交渉という流れになる。

自室の机で予定の確認を行っていると、ティアが後ろから抱き付いてきた。大きい胸が後頭部に当たって気持ちいい。

「ティアは明日が楽しみ？」

「うん！　麗夜と一緒にお出かけするの久しぶり！　新婚旅行みたい！」

俺の頭の後ろで、ティアの胸がトクトク弾んでいる。

「新婚旅行なんて言葉、どこで知ったの？」

「この本で！」

ティアが枕元にあった本を持ってきた。

「これって、ラルク王子がくれたやつか」

「うん！　恋愛小説だって！」

どれどれ、どんな内容か見てみよう。

『彼の細い指が私の恥部を撫でる。私は湧き上がる声を抑えようと唇を噛む』

開いたページを読んだ俺は、栞を挟み直してパタンと本を閉じる。

「……ティア、これは官能小説だ。恋愛小説じゃない」

「官能小説って何？」

ティアが本に手を伸ばしたので、俺は背中に隠す。

「これは読まない方が良い。普通の、健全な恋愛小説を読みなさい」

「何言ってるか分からないよ？　返して。まだ読んでるの」

ティアが奪い取ろうと俺の背後に回るが、そうはさせないと俺も体を回す。

「どうしたの？　それって読んじゃいけないの？」

「ティアにはまだ早い」

ティアは元スライム、人間になって一年も経ってない。

つまりティアは一歳未満だ！　それなのに、あの王子はなんて物を読ませるんだ！

「む～意地悪しないで。面白いところなんだから」

ティアは、今度は真正面から奪い取ろうと、まるでキスするように抱き付いてきた。

「ダメだって！　もっと知識を付けてからじゃないと」

「だから本読んでるの！　返して！」

「勉強したいなら、何かの教科書を読みなさい！」

「教科書なんて退屈だから嫌！」

なんで俺たちは、教育ママとそれに反抗する娘みたいなことやってんだ？

「分かった！　返してやるから」

「ほんと？」

「ただし教科書も読め。小説だけじゃダメだ」

「分かった」

ティアが落ち着いたので、仕方なく官能小説を返す。

俺は一ページしか読んでないけど、本当に大丈夫かな？　内容がハードだったらどうしよう。

「麗夜」

ティアが本を開きながら、真剣な顔をした。

「男の子って好きな子に意地悪したいの？」

なぜそんなことを聞く？

「俺は好きな子に意地悪しないよ」

「でもさっき、ティアに意地悪した」

あれは意地悪じゃなくて、心配したんだけど……。

「……なんでそういう風に思ったの？」

「これに、好きな女の子のお尻叩いてるところあった」

「やっぱり没収（ぼっしゅう）！」

ラルク王子め。今度会ったらぶん殴ってやる。


翌朝、俺は出発のため魔王城の屋上にいた。

魔王城の高さは十万メートル。

太陽が近くて肌がチリチリする。でも気温は低くて気持ちいい。

白い雲が眼下に大陸を作っている。今日は雨かな。

同行者は、交渉を手伝ってくれた朱雀、俺から離れないティア、好奇心旺盛で嫌でも付いてくるハクちゃんと、そのお守（もり）のギンちゃんだ。

お弁当とお茶菓子とお茶が入った鞄（かばん）を持って、俺は準備は万全。念のために雨具も入れている。

天気が良いからレジャーシートも持参。おやつの時は外で食べたい。

ピクニックに行くような持ち物だな。とても和平交渉に行くとは思えない。

でも、俺たちらしいか。フランさんが良ければ、一緒に外でおやつを食べたい。

「本当に付いていかなくてよろしいのですか？」

不死鳥へ変身した朱雀の背に乗ろうとすると、カーミラが不安げに言った。

「交渉に行くだけだ。ぞろぞろ皆を連れて行ったら、戦争と勘違いされる」

「麗夜様を誘い出す罠かもしれません。やはり護衛が必要かと」

何度言い聞かせても、カーミラは安心できないようだ。

カーミラだけではない。

ケイブルやガイ、メデューサ、ダイ君、エメ君、キイちゃんなど、全員がソワソワと見送りに来ていた。

「本当に心配性だな」

「麗夜様は私たちの王です。神です。いくら心配しても足りません」

大げさすぎるぞ。

「俺が大丈夫って言ってるの。俺が信用できない？」

「そういう訳では……」

カーミラは親指の爪を噛んだ。まるで苦渋の選択を迫られているような顔だ。

「分かりました。でしたら私だけ同行を許してください」

「カーミラだけ？」

「吸血鬼の私なら、麗夜様の影に潜むことができます」

カーミラの足から血が流れ、血だまりを作る。それは生きているかのように俺の影に入っていった。

「いかがでしょうか」

カーミラは姿を消した。代わりに影が口を作って喋っている。

「分かった。ただし、絶対に姿を現すなよ」

「それは承知できません。奴らが敵意を向けたらすぐにでも姿を現します」

「頭の固い奴だ……」

これ以上、押し問答しても無駄そうだ。カーミラの目は決意に満ちている。

「分かった。それで良い」

「ありがとうございます」

カーミラが口を閉じると、なんの変哲もない影に戻った。

「カーミラが付いてくるから皆は心配しないでね」

ケイブルやガイは渋々といった感じに、口を真一文字にして頷く。

「麗夜様。カーミラが行くなら俺たちも同行させてください」

ダイ君が切なそうに、一歩、足を踏み出した。

俺は首を横に振る。

「ぞろぞろ行ったら、向こうの迷惑になるだろ」

「しかし俺たちは、頼りないかもしれませんが麗夜様の騎士です。麗夜様が敵地に行くのに城でぬくぬくしているなど」

本当に皆、頭が固い。もしくは心配性。胃に穴が開くんじゃないか？

「可哀そうだから連れてってあげよ？」

ティアが苦笑いしてこちらを見た。

「そうそう！　早く行こ！」

ハクちゃんは待ちきれないのか、朱雀の背中に座ってぴょんぴょん腰を弾ませている。

「分かった。面子（メンツ）の問題もあるだろうし、キイちゃんだけ付いて来て良いよ」

根負けした。

「俺はダメなんですか！」

ダイ君が予想通り食い下がった。

「エメ君と喧嘩した罰ね。喧嘩しなくなったら連れて行くよ」

「う……」

ダイ君とエメ君は、横目でお互いを見る。

「お前のせいだぞ」

「お前が悪い」

小声で責任を擦り付け合っている。まだまだ無理そうかな。

「キイちゃんも、付いて来て良いけど何もしないでね。交渉するだけなんだから」

「敵が何もしなければ、私も何もしません」

キイちゃんは俺の前に跪き、嬉しそうに微笑む。

「そんなに俺と一緒に行くのが嬉しい？」

「もちろんです！」

上目遣いで、目が爛々と輝いている。

「初仕事だな。気張れよ」

朱雀がたきつけるように笑う。

「もちろんだ！　絶対に麗夜様をお守りする！」

キイちゃんはやる気満々だった。

「まあ、キイちゃんとカーミラなら、フランさんたちと会っても大人しくできるだろ」

俺はため息をついて、朱雀の背に乗る。

「出発しよう」

「掴まってろ」

朱雀がジャンプすると、一瞬にして魔王城が点になった。

でたらめに高い。体が軽く感じる。もう少しで宇宙空間か？

酸素濃度が薄く、一般人なら酸欠で失神するかもしれない。

「ぎぃえええええ！」

そんな中、相変わらずギンちゃんは大騒ぎだ。

「やっぱりお城で待ってた方が良いよ」

ティアが、朱雀の背中に必死でしがみ付くギンちゃんの背中を撫でた。

高所恐怖症ならぬ飛行恐怖症なのに、無理して付いてくるから。

「ハクが行くなら、行くしかないじゃろ！」

ギンちゃんは真っ青な顔で叫ぶ。

ジェットコースターが怖いけど、子供が乗るから嫌々乗る保護者と同じだ。

「おお！　お星さまが見える！」

そして当のハクちゃんは、空に散らばる星々に夢中だ。

「ハクちゃん、ちゃんと掴まってないとダメだよ」

ティアは狭い足場なのにジャンプするお転婆ハクちゃんを膝（ひざ）の上に乗せる。

ハクちゃんを抱っこして、ギンちゃんの背中をさする。

恋人は大忙しだ。

「騒がしくて緊張する暇も無いな」

遊びに行くみたいに、俺たちは魔王フランの元へ向かった。


魔王フラン。

五十年前に突然魔界へやって来た、モンスターに知性があると最初に気づいた人間である。

俺は、彼と会うのが楽しみだった。

フランさんの研究は眉唾（まゆつば）だと世間で信用されていなかったが、モンスターと会話できる俺は彼の本から多くを学んだ。だから、お礼も兼ねて挨拶したかった。

しかし不思議だ。

彼は死んだと聞いた。なのに生きていた。

それに、人間が魔王になるなんて聞いたことが無い。

温厚な性格だが、魔軍を一人で相手にできるほど高い実力を持っているという。

どんな人物なのだろう？　得体の知れない不気味さを感じる。

「着いたぞ」

朱雀が草原のど真ん中に着地した。

「いっちばーん！」

最初にハクちゃんが、前方宙返りをしながら華麗に着地する。回ってる時パンツ見えてたよ。

「ギンちゃん、大丈夫？」

「なんとかの」

次にティアが、ギンちゃんをおんぶしてゆっくり降りた。

ギンちゃんの顔、真っ青だよ。やっぱり今度から歩いた方が良いかな。

「よっと」

最後に俺が青々とした草を踏みしめた。

人型に戻った朱雀に尋ねる。

「ここがフラン領なのか？」

見渡すかぎり緑と青。変哲のない海近くの草原だ。

「間違いねえよ」

「何も無いね」

ティアは両手を双眼鏡の形にして覗き込んだ。

「海だ！」

ハクちゃんは砂浜に走って行った。元気だな。

「来るのが早すぎたのか？」

ギンちゃんは真っ青な顔で口を押さえている。足元がふらついているぞ。

「時間通りだ。すぐに来るから待ってろ」

朱雀はプカプカとキセルを吹かし始めた。

「そう言ったってなぁ」

周囲には人っ子一人居ない。小屋の一つすらない。

「フランさんは居ませんかー？」

俺は暇なので呼びかけてみた。

「ここに居るよ」

突然、地面が喋った！

「まさか地面の下に？」

「君が入り口を塞いでいるんだ。すまないが退いてくれ」

言われた通り後ろへ下がると、マンホールの蓋のように、パカリと地面が開いた。

草原の下に地下室があったのか。

変わったことをする人だ。元科学者というのは変人なのか？

「待たせて悪かった」

階段を上って草原に立ったのは、黒髪の美青年だった。

「いやはや、やはり考えられないほど眩しい。異常気象だ」

フランさんは前髪を、細長い指でかき分けた。

身長は百七十前後か。面長で、白衣から見える腕も細い。

東洋人に近い顔立ちをしている。この世界の人たちは西洋人に近い顔だから珍しいな。

丸メガネのせいで美形度は下がっているけど、それも含めて天才科学者っぽく見えた。

髪はくせ毛が目立つ。天然パーマかな？　襟も乱れていてだらしない。

「お前さん、またシャツがズボンから出てるぜ」

「なんだと」

朱雀に指摘されると、フランさんは慌ててシャツをズボンに入れた。

「すまない。何年も人前に出てなかったから、つい」

そして、屈託のない顔で頭を掻く。

「良いんです。それより、どうして地下に？」

「今は天気が良いが、昔は嵐で荒れていたからね。地下に住んだ方が快適なんだ」

なるほど、想像通り頭が良い。

「新庄麗夜です。お会いできて光栄です」

「これはどうも丁寧に」

握手をしようと手を差し出すと、フランさんは驚いた顔をした。

「どうしたんですか？」

「いやいや。朱雀から聞いていたが……礼儀正しくて、あの荒くれ者の集まり、魔軍の大将とは思えない」

俺たちはグッと握手を交わす。

「フラン・シュタインだ。一応、君たちの敵になっている」

この人、笑顔で凄いことを言うな。

「ストレートですね。普通だったら、穏健派とか、侵略反対派とか言いません？」

「どれも意味は変わらない。ならば誤魔化（ごまか）しても意味はない。何より、真実を隠すのは信条に反する」

フランさんは固く握手したまま、俺に顔を近づけてきた。

「勇者か……記録にあったが、本当に存在したとは」

観察するような視線に気まずくなる。

「俺が勇者って知ってたんですか？」

「朱雀から聞いたよ。実に興味深い」

メガネの奥でジロジロと、フランさんの目玉が動く。カメレオンみたいだ。

「あの……俺は実験動物じゃないんで、観察するのはやめてくれませんか？」

「おお！　確かに、女の子をジロジロ見るのは失礼だった。謝るよ」

なんだと？

「いやはや、昔からの癖（くせ）なんだ。興味が湧いたら調べずにいられない。この癖で何度も女の子に振られたよ」

あんたの目は節穴(ふしあな)か？

「俺は男ですよ」

「何？」

またしてもまじまじと観察された。

「顔立ちから考えると、女にしか思えないが」

「口調とか声とか服とか喉仏で、分かりませんかね？」

このやり取り久しぶりだな！

「なるほど、顔に気を取られていたよ。教えてくれてありがとう。よく見れば確かに、小さいが喉仏がある」

クルクルと俺の周りを歩き出したフランさん。

「少しだけ声変わりもしている。肩など骨格も男性に近い」

再び前に立ってジロジロ見る。

「下も脱いでくれ。確認したい」

「調子に乗るんじゃねえぞこの変態が！」

俺は、空手チョップをフランさんの顔面に叩き込んでやった。

「メガネが壊れたらどうするんだ！　これしかないんだぞ」

「喧(やかま)しい」

メガネのガラスを拭くフランさんに、ため息をつく。

「変な人だね」

ティアが怖がるように耳打ちしてきた。

「変どころじゃない」

頭痛がする。本当にこの人が魔王フランなのか？　替え玉じゃないよね？

「変人じゃな」

「道化師さん？」

ギンちゃんは奇異（きい）なものを見る目、ハクちゃんは面白そうなものを見る目だ。

「麗夜に夢中になる気持ちは分かるが、そろそろ中に入れてくれ」

そこで朱雀があくびして、地下室への階段を指さした。

「そうだったな。すまない。夢中になると止められなくて」

フランさんは地下室の階段へ足を踏み入れた。

「ようこそ、僕たちの世界へ。歓迎するよ」

エスコートするように、俺に手を差し出して微笑する。

ここだけ見れば素敵な人なんだけどな。

魔王フランの領地。

それは恐るべき世界だった！

「地下世界！」

長い階段を下りると、そこには空があった！　太陽があった！

水平線が見える！　建物が見える！　かび臭さも埃臭さも無い！

外と変わらない。

まるでもう一度、異世界転移したみたいだ。

「凄い！」

「地下に入ったのに外に出るとは、奇妙なものじゃ」

あまり動じることのないティアも、ギンちゃんも驚いている。

振り返って、今出てきた扉を確認する。

草原にポツンと、ドアがあった。

どこでも行けるドアみたいだ。フランさんは二十二世紀から来た異世界転移者だったのか？

「小っちゃい！」

ハクちゃんは風景よりも、足元に居る、手のひらサイズの小人に目を輝かせた。

彼らは、布のシャツとズボンに、紐のベルトをしている。

顔や体は人と変わらない。本当に人間が小さくなったようだ。

よく見ると、この小さい手で作ったのか、レンガを積み重ねて作ったミニチュアサイズの家が規則正しく並んでいる。

小人専用の大通りや荷車もある。

鍛冶場もあるようで、金属を叩くような音が煙突のある家から聞こえる。看板もある。

ここは小人の町だ。人間並みに発展した町を作っている。

踏みつぶさないよう気を付けながら、町の外の草原を目指した。

「気を遣わせて悪いね」

フランさんも慎重に町から出る。

「どうして出入り口に町を作るんです。もうちょっと離れたところに作った方が安全でしょ」

「ここに来る奴なんてほとんどいないし、小人たちは外に出るのが好きだから、自然とそうなった」

「外に出るんだ？」

「ＤＮＡ解析によると、こいつらは人間の遠い親戚だ。だから手先が器用で、学習能力も高く、発明好きだ。好奇心旺盛で探求心もある。外が嵐でも平然と出ていくよ」

「吹き飛ばされるんじゃないの？」

「そうならないよう重しを持ち、雨がっぱを着て外に出る。こいつらは見た目こそ小さいが、人間同等の知性を持っている。科学力は人間よりも進んでいるくらいだ」

「例えば？」

「火薬や鉄砲、爆弾、大砲も開発している。とても痛いぞ。チームワークも良い。それで海のモンスターを捕まえて食料にしている」

この世界は中世並みの技術力だ。それを考えるとオーバーテクノロジーだな。

百メートルほど歩くと、ようやく外に出た。

「大きな町だった」

「千人以上住んでいる。踏みつぶさないよう気を付けてくれてありがとう。大切な助手を失わなくて済んだ」

「助手？」

「彼らは、僕の研究を手伝ってくれている。どんな研究か知りたくないか？」

「長くなりそうなんで遠慮します」

「そうか……面白い研究なのに」

フランさんが残念そうにしている間、やっとこさっとこティアたちが追いついてきた。

「小っちゃくて可愛い町だったね！」

ティアは珍しい光景に興奮気味だ。

「変な奴らじゃ」

ギンちゃんは機嫌が悪そうだった。

「どうしたの？」

不機嫌になる理由が分からなかった。

「あいつら、私たちを怖がるどころか、足元に集まってきおったぞ」

「集まってきた？」

俺のところには誰も来なかったけど。

「大きい女の子だぞ」

「可愛いな」

声がしたので、俺は下を見る。

すると小人たちがハクちゃんの周りに集まっていた。

「……確かに人間の男と変わらないな」

スケベなところも変わらない。

ハクちゃんに集まる小人は全員男で、鼻の下を伸ばしている。

「こっち来てこっち来て！」

スケベ心など知らないハクちゃんは、手のひらに小人を乗せようとしゃがみ込む。

「目の保養、目の保養」

ハクちゃんの正面にスケベ小人どもが集まった。

「あいつらぶっ殺して良いよね」

大事なハクちゃんのパンツを覗(のぞ)く不届き者に鉄槌(てっつい)を下そうと、俺は拳を握った。

「待て！　僕が追い払うから落ち着いてくれ」

フランさんは小人を捕まえようと走る。

「やべえ来たぞ」

「逃げろ」

まさに蜘蛛の子を散らすように、わさわさと草陰に隠れる小人。

「わ！」

ティアが大きな声を出したので振り向く。

なんということか！　俺の恋人のスカートを、小人どもが掴んでいた！

「こら！　やめんか！」

そしてギンちゃんまで毒牙に！

「良いではないか良いではないか」

小人どもはスケベ丸出しの顔でスカートを狙っている。

二人とも両手でスカートの前を押さえているが、今度は隙だらけのお尻側が捲られた！

「こいつらぶっ殺してやる！」

天誅を下してやる！

「落ち着け！　僕がどうにかするから！」

しかし、フランさんに羽交い締めにされた！

「放してフランさん！」

凄まじい力で振りほどけない！　まるで鎖を巻かれたみたいだ。

「お嬢ちゃんのパンツ可愛いね」

その間にも屑どもは、ハクちゃんのスカートの中を見て興奮していた。

「そう！　お気に入りなの」

羞恥心の無いハクちゃんは、パンツを褒められてご機嫌だった。

「いい加減にしろ！　さすがの私も怒るぞ！」

ずっと静かにしていたキイちゃんがついに音を上げた。スカートにしがみ付く小人たちを払い落としている。いよいよ我慢できなくなったようだ。

スケベ小人どものせいで大パニックである。

こうなったら殺害許可を出すしかない！

「……恥ずかしくねえのか」

その時、静観していた朱雀が小人を見下ろして言った。

「うわ、朱雀だ」

「不味いぞ」

小人どもは一斉に破廉恥な行動をやめて、朱雀に注目した。

「嫌がる子に襲いかかる。男の風上にも置けねえぞ！」

朱雀が自分のズボンに手をかける。

「……だが、お前たちは可愛い！　殴るなんてできねえ！　そこで！　俺がお前たちのために一肌脱いでやる！」

朱雀はズボンを放り投げると全裸になった。

「俺の肉体美と下半身ならいくらでも見て良いぜ！」

朱雀はボディビルダーのようなポーズを取る。

確かに凄い筋肉だ。ギリシャ神話の彫刻に似ている。腹筋もしっかり割れていて、お腹の横の腹斜筋もしっかり発達している。

「うわぁあああ！」

「変態だぁあああ！」

小人どもは朱雀に恐れをなして逃げ出した。

「どっちが変態なんだかな。なあ麗夜」

「どっちも変態だから、早くズボン穿け」

解決してくれて助かったけど、方法が酷すぎる。

「どっか行っちゃった」

ハクちゃん一人だけが、残念そうにしていた。

とんでもないことがあったが、まだ帰る訳にも行かない。和平を結ぶ必要がある。結んだら、こんなところ二度と来ねえからな！

「さっきはすまない」

花畑の道を進んでいると、フランさんが人差し指で額を掻き、話しかけてきた。

「次やったら、あいつら皆殺しにするんで」

「か、過激だな。さすが魔軍の大将だ」

過激も何も、普通の対応だと思う。

イライラしている俺とは対照的に、ティアとギンちゃんは花畑に感心していた。

「凄い綺麗」

「見事なもんじゃ」

切り替えが早い。

俺も見習わないと。和平交渉が決裂してしまう。

「あらあら。大きいお客様が来たわよ」

誰かが喋った。よく見ると、周囲に羽の生えた小人がふわふわと飛んでいた。

服は真っ白いワンピースで、背中の部分が開いて、羽が出ている。

ただ、羽を動かしているようには見えない。何か見えない力で浮いているようだ。

妖精という奴か。綺麗な花畑に相応しい。

触ろうと手を伸ばすと、腕にたくさんの妖精が座った。

「ありがと。優しいのね」

俺が優しく人差し指で頭を撫でると、幼子のように微笑んだ。

「どういたしまして」

先ほどの小人どもと違って、こちらは可愛いし安全そうだ。

「これって妖精？」

「そうだ。植物を操る能力を持っている。ＤＮＡ解析をしたところ、エルフと遠い親戚だったようだ。ちなみに彼女たちの植物を操る力は凄くて、地上の嵐の中でも植物を育てることができた。ただ、彼女たちは植物を育てることはできるが、その結果、植物がモンスター化してしまうんだ。彼女たちはモンスター化した植物を使役し、外敵から身を守っているのだが、それだと植物を育てる力を食料生産に応用できない。だから僕は、植物をモンスター化させない研究をしている。経過はそこそこ順調だ」

楽しそうに説明するな。こっちは興味ないのに。

科学者は自分の知識を語りたがるって聞いたけど、その通りだ。

しかし能力は高そうだ。何せさっきからＤＮＡ解析と言っているが、ＤＮＡ解析ができるようになったのは、元の世界でもたった数十年前だ。

フランさんは、文化レベルが中世のこの世界では、現代の科学知識を持った知識チートのような存在かもしれない。

「ＤＮＡ解析とか凄いですね」

「凄いと分かるのか！」

フランさんが目を見開いて、俺に詰め寄る。

「僕は凄いだろ！　とっても凄いだろ！」

「え、ええ……」

地雷を踏んだ。

「僕の凄さを理解してくれる人がいるなんて！　他の奴らなんか聞く耳を持たなかったのに！　良かろう！　どうやってＤＮＡ解析を実現したか説明する」

「し、しなくて良いですよ」

「僕はモンスターの研究が専門でね。その過程でスライムを研究したんだが、驚くことに彼らは姿かたちを変えることができた！　なぜそんなことができるのか不思議だった。だから、埃すらクッキリ見える虫眼鏡、顕微鏡というんだが、それを自作して観察した。それで、人間は無数の小さい細胞という物で構成されていること、スライムは細胞を変質させる力があることを知った！　もっと高精度の顕微鏡を発明した結果、細胞を構成する物質にたどり着いた！　その中でも、スライムが変質する際に使われる物質を、僕はＤＮＡと名付けた。なぜＤＮＡと名付けたのかというと、恥ずかしい話だが、手元に偶然三冊の本があってね。なんとなく背表紙を並べてみたらＤＮＡとなった。僕はその時、これだ！　と思ったんだ」

「分かりました分かりました。だから落ち着いてください」

「この学説を発表したら、皆に頭がおかしいと言われた！　なんて愚かなんだ！　やはり人間は傲慢と偏見の塊だ。都合の良い真実は信じて、都合の悪い真実は嘘と思う。だが君は違う！　真実を受け止める勇気がある。おっと！　興奮して悪かった。それで僕は細胞を発見したんだが、さらに細胞は日々劣化していることに気づいた。歳を取るというやつだ」

フランさんは訳の分からないことを早口でまくし立てる。

「可哀そうに、もう止まらないわ」

妖精たちはクスクス笑うと、ティアたちのところへ飛んでいった。

「小っちゃい小っちゃい！」

ハクちゃんは飛び回る妖精を捕まえようと手を伸ばす。

「こっちよこっち」

妖精は蝶のように舞い、ハクちゃんを翻弄する。

「待って待って」

まさに、庭駆け回る、だ。微笑ましい。

「いい子いい子」

ティアは、手のひらに座る妖精の頭を指先で撫でた。

「優しくしてね」

「大丈夫大丈夫。ティアは酷いことしない」

お人形と遊んでいるようだ。

「どうしてお前らは私の頭に乗る？」

ギンちゃんは目を細めて、頭の上に座り込む妖精たちに言う。

「あなたからは優しい匂いがするから」

「どういう意味じゃ」

ギンちゃんは文句を言いつつ、妖精たちが落ちないように注意していた。

「久しぶりね、朱雀」

「元気そうだな」

朱雀は年長っぽい妖精と話していた。

「こうして話すのは五万年ぶりかしら」

「麗夜の兄――一馬（かずま）たちが居た時は、もっと気軽に話してたのにな」

「明るいあなたにまた会えて嬉しいわ」

昔話に花を咲かせているようだ。

「綺麗な人ね。無視しないでお喋りしましょうよ」

「……」

キイちゃんの周りにも妖精が集まっているが、キイちゃんは何もしないという約束を守り、喋らず、じっとしていた。

「聞いているのかね？」

俺が呪文のような話を右から左に流していると、フランさんの機嫌が悪くなった。

「聞いてます聞いてます」

「そうか。ぼうっとしていたのは、僕の説明が分かりづらかったからか。すまない。なら一から丁寧に話そう」

「勘弁してくださいよ……」

ティア、ギンちゃん、ハクちゃん、朱雀、キイちゃん、興味無いからって見ない振りをしないでくれ。俺を助けてくれ。

この人、何を言ってるか分からないよ。

結局俺は、立ちっぱなしで一時間も、訳の分からない説明を聞くことになった。


「――こんなに話したのは久しぶりだ」

フランさんはスキップしそうなくらい、軽やかな足取りで道を歩く。

「そうですか」

一方、俺は頭痛で足をふらつかせていた。

「君みたいな優秀な子は初めてだ。どうだ、僕の下で研究してみないか？　もちろんすぐには無理だろうから、一年くらい僕が教師になってあげよう」

「遠慮しておきます」

「そうか……君は才能があると思うんだが……もったいない」

フランさんは立ち止まると、残念そうな顔を見せた。

「ここは地下なの？」

これ以上は勘弁なので、話を逸らすために、不思議な世界について聞いてみる。

「おお！　聞いてくれるか」

予想以上に食いついてきた。また自慢話をしたいらしい。

今は何を聞いても地雷か。

「ここは地下だが、空間を操作して、地上と変わらない環境にしている。広さは百万平方キロメートルで海も作ってある。空も作った。太陽も作った」

「なんだと！」

俺が驚く前に、朱雀が驚いた。

「この世界は穴を掘ったんじゃなくて、魔法で作ったのか」

「そうだ。凄いだろ。ちなみに、どうして地上と変わらない環境にしたかというと、地上を再現した方が住みやすいというのもあるが、実験のためでもある。どういう実験かというと……」

「太陽は炎魔法で作り出したのか？」

朱雀は、フランさんの説明を聞くつもりはないらしい。

「炎魔法は使っていない。原子操作という新たなる魔法を生み出した。それで作り出した」

フランさんは説明を聞いてくれないと分かって、口をへの字に曲げた。

それにしても、凄いこと言っているな。

太陽は核融合でできたエネルギー体だ。その表面温度は六千度、中心温度は千五百万度を超える。

六千度は鋼鉄もバターのように溶かす。

対して炎魔法で生み出せる炎の温度は千二百度くらいだ。

低い訳ではない。溶鉱炉とほぼ同じ温度だ。十分に鉄を溶かすことができる。

それでも威力は違いすぎる。

例えるなら、炎魔法はプラスチック爆弾を作り出す魔法、原子操作は核ミサイルを作り出す魔法だ。まさにチート級の実力である。

「空間操作や原子操作は、ゼラが得意としていた魔法だ」

朱雀の声が冷たくなった。

昔の記憶が過(よぎ)ったのか、警戒度を上げている。

「封印されたゼラから力をもらったからね。使えて当然さ」

不貞腐れたまま、なんかヤバいこと言い出したぞ、この人。

「ゼラの力だと？」

朱雀はフランさんから距離を取った。

「麗夜様、この男は危険です」

影に潜んでいたカーミラまでもが、ついに姿を見せて血刀を構えた。

一触即発の空気だ。フランさんの返答次第では殺し合いになる。

「影から出現した……君は吸血鬼だね！」

だけど空気の読めないフランさんは、カーミラの登場に目を輝かせた。

「そうだ。それより、ゼラの力とはどういうことだ？」

「君が質問する前に、僕の質問に答えてくれ」

本当に個性的。いくらなんでも空気が読めなすぎるぞ。

カーミラが血刀の切っ先を向けた。

「これで、私の質問に答える気になったか？」

武器を突きつけられ、ようやくフランさんが表情を変えた。

「僕はただ、吸血鬼の生態が知りたいだけなんだ。吸血鬼は貴重な上に頭が良く、捕まえることができなかったから、死体しか調べられていない。それだと不十分なんだ」

「ならばその身で味わうか」

喉仏を切っ先で突くカーミラ。

「降参だ。ちゃんと質問に答えるよ。だから武器を下ろして」

フランさんは穏やかに進めようとしているが、カーミラは武器を下ろさなかった。

「どうしてそんなに殺気立っているんだ？」

フランさんが、両手を上げて戦う気が無いと示す。

「ゼラは世界の敵。ゼラから力をもらったお前は、ゼラに魂を売った可能性がある」

カーミラは警戒を解かない。隣の朱雀も、フランさんの一挙一動を監視している。

雰囲気は最悪だ。

「皆どうしたの？」

ハクちゃんは尋常じゃない雰囲気を感じ取ったようで、お母さんの背中に隠れた。

「知らんが、離れておいた方が良いの」

ギンちゃんはハクちゃんを守るため後ずさる。

「どうしよ……」

ティアはこの場を収めようと考えているようだが、アイデアが思い浮かばないらしい。

「麗夜様、失礼します」

キイちゃんは俺を守るため前に出る。

ちなみに妖精たちは、いつの間にか居なくなっていた。

「なるほど。ようやく君たちが怒っている理由が分かった」

フランさんは両手を頭の上に置いて、地面に膝をつく。

「なんのつもりだ？」

カーミラは気を緩めない。むしろ警戒心を強めたのか、表情が強張（こわば）った。

「敵意は無いという意思表明だ。これなら僕が何かしても、君たちの方が速く動けるだろ」

「ゼラの力は強大だ。その状態でも難なく私を殺せるだろう」

カーミラは聞く耳を持たない。

「カーミラ、朱雀。落ち着いて」

俺は今にも切りかかりそうなカーミラと朱雀の前に出て、フランさんの盾となる。

「麗夜様。離れてください。危険です」

「フランさんに敵意は無い。それに、何があったのか事情を聞かないと」

カーミラの血刀を掴む。

「だから仕舞って。このままだと、とんでもないことになる」

「しかし！」

「いい加減にしろ！　俺の言うことが聞けないのか！」

聞き分けの無い二人を収めるため、俺は腹から声を出して叱った。

「麗夜様……」

カーミラの目が震えている。心の底では、フランさんに恐怖しているのだろう。

「話を聞こう。敵かどうかはそれからだ」

俺は血刀をむしり取ると、地面に投げ捨てた。

「ここからは俺が話す」

「ありがたい」

フランさんは立ち上がろうと、片膝立ちになった。

「悪いけどそのままにしていて。立つと二人が怯える」

「なるほど、確かに魔軍の大将に相応しい」

フランさんは苦笑して、もう一度両膝を地につけた。

「一つ目の質問です。あなたはなぜ、ゼラの力を得た？」

「ゼラが無理やりくれた。僕は要らないと言ったのに」

「無理やり？」

「経緯を話して良いかな」

頷くと、フランさんは深呼吸した。

「僕は元人間で、モンスターの研究を行っていた」

「知っています。あなたの著書を読みました。おかげでとても助かりました」

「嬉しいね。他の人たちは興味も持たなかったのに」

「著書の最後に、偶然ゼラと出会えた、と書いてありました。力を得たのは、それが関係しています？」

「そこまで知っているなら話は早いが、どうかイチから喋らせてくれ。なぜ僕がこうなったのか、僕の心情も知ってもらった方が分かりやすい」

「どうぞ」

「君はとても頭が良い。結果だけでなく、過程も重視する。誤解が解けたら僕の助手にならないか？」

「考えておきます」

話しているうちに、少しだけ肩の力が抜けた。

フランさんも同じのようで、先ほどよりも表情が柔らかい。

「僕は魔術師だった。主な仕事は魔術の研究だったが、金にならないから冒険者もやっていた」

「著書に、あなたがモンスターの研究を始めた切っ掛けは、仲間がスライムに殺されたから、とありましたよね」

「あれは衝撃的だった。モンスターに知性があると直感した時、僕は魔術の研究をしている場合では無いと悟ったよ」

フランさんは瞼（まぶた）を閉じる。

「死んだのは幼馴染だった。性格は僕と正反対だったが、不思議と上手くいった」

その瞼から滴（しずく）が落ちた。

「とてもいい奴だった。僕にはもったいないほどに」

「お気持ち、お察しします」

同情の言葉を添えると、フランさんは苦笑いした。

「僕は彼女が殺された瞬間、直感した。これは運が悪かったのではない。モンスターを侮った僕たちが悪いと」

「だから、魔術の研究からモンスターの研究に乗り換えた？」

「その通りだ。どんな研究をしたか、君なら分かるね」

「もちろんです。何度も読み返しましたから」

「初めて人の役に立てたと感じるよ」

お互い言葉を切って、唇を舐める。

乾いてカサカサだ。ひび割れしている。

「あなたはモンスターのことが知りたかった。だからゼラに会いに行った」

フランさんは両手を頭の上に置いたまま頷く。

「ゼラはおとぎ話の中の存在だった。だが研究に行き詰まった僕は、一縷の望みをかけて、おとぎ話や伝承を研究した。すると、ゼラが本当に存在していたと分かった。どこに封印されているのかも」

「凄いですね」

「大変だった。十万年前の地図を作るために、測量や地質学まで研究する羽目になったよ」

たった一人で、そこまでできるなんて。やっぱりフランさんは凄い。

「ゼラは極寒の世界に閉じ込められていた。なのに、よく会いに行けましたね」

「良く知っているね。まるで見てきたかのようだ」

俺が肩をすくめて誤魔化すと、フランさんも同じく肩をすくめた。

「僕はゼラに会いに行った。道中は厳しかった。肉を溶かす酸性雨や、岩をも砕く風、息ができない空気。そこを過ぎると今度は、骨の髄まで凍らせる氷の世界。開発した防御魔法や防寒魔法、すべてを駆使して進んだ」

「魔王でも恐れる地獄を一人で切り抜けるなんて。尊敬します」

「それだけ夢中だったんだ」

フランさんはいよいよ本題に入る。

「僕は半死半生の状態で、やっとゼラと出会った。そしてすぐに後悔した」

「後悔？」

「冷たい目。残酷な子供のような声。美しい姿。すべてが僕の本能に訴えた。絶対に殺される。逃げろと」

いつの間にか、フランさんの体が痙攣していた。

「心配いらない。ただの心的外傷だ」

大丈夫じゃないぞ。トラウマになるほどゼラは恐ろしかったのか。

「フランさんはゼラに何をされたんですか？　著書では、モンスターについて教えてもらった、とありましたけど」

「僕は恐怖で死にそうだったが、疑問に思っていることは、著書の通りすべて聞いた」

「さすが研究者」

「三年以上探したんだ。成果無しでは帰れない」

「だから成果を得るために封印を解こうとした？」

「まさか！　そんなことしないよ」

嘘ではないだろう。ゼラは今でも氷漬けの状態だったから。

「どうやって教えてもらったんですか？」

「教えてくれと言ったら、タダで教えてくれた」

「なんの見返りもなく？」

「十万年ぶりの客人だから歓迎してやると」

思い返すと、俺の会ったゼラも寂しそうだった。そんな理由で教える可能性は十分ある。

「分かりました。しかし、なぜゼラから力を？」

「ゼラは戯れだと言って、僕を魔王にした。自分の力もおまけに付けてね」

「戯れ？　タダの遊び？」

「そう言っていたから、信じてもらうしかない」

普通なら信じられないが、俺もゼラから力をプレゼントされた。

フランさんは嘘を言っていない気がする。

「最後に、あなたは死んだと聞きましたが？」

「著書を書いた後、自分が魔王になったことと、誰にも理解されないことに絶望して、首を切った。

ところが魔王だから死ねなかった」

「だからここに来た……？」

「他に行くところが無かったからね」

フランさんは自嘲（じちょう）するように笑った。

「あなたを信用します」

フランさんの手を掴んで立ち上がらせる。

「君はとても頭が良い。何より優しい。僕が女だったら惚（ほ）れていたよ」

「勘弁してくださいよ」

フランさんは安心した表情で握手をした。

「麗夜様……よろしいのですか。そいつを信用して」

カーミラがこわごわと、尺取虫（しゃくとりむし）のように近づいてくる。

「麗夜を信用してあげよ」

ティアが、俺に代わってカーミラに言い、彼女の手を握った。

「麗夜はこれまで間違ったことしてなかった。だから信じよ」

「ですが……」

カーミラは煮え切らない様子だ。

「いい加減にせい」

ギンちゃんがカーミラの頭を撫でる。

「どんな理由があるか、私は知らん。でも麗夜が言っておる。それに、フランという奴から殺気は出ていない。お主も感じておるじゃろ」

カーミラはギンちゃんの優しさで、表情が穏やかになった。

「怖がらせて悪かったな」

騒ぎを起こしたもう一人の男、朱雀は、花畑に隠れるハクちゃんを抱っこする。

「もう怒ってない？」

ハクちゃんの目は真っ赤に腫(は)れ上がっている。鼻水もズルズル出ていた。

「麗夜のおかげで落ち着いた」

朱雀はハンカチでハクちゃんの顔を拭きながら、苦笑を漏らす。

「麗夜が信じるってのなら仕方ねえ。俺もそいつを信じるよ」

朱雀はそう言って、涙を流すハクちゃんをあやしてくれた。

場の緊張が薄れていく。

「騒ぎを起こして悪かった」

「理由は分かっている。さあ。気を取り直して、僕の町を見てくれ」

最後は、俺とフランさんの固い握手で収まった。


それから、フランさんの領地を見て回った。

そこには多種多様なモンスターが居た。

小人や妖精のほかに、蛇人、ゴブリン、体が砂の砂人、体が水のウンディーネ、体が火のヴルガン、体が風のジルフ、体が金属の鉄人、体が岩の岩人、身の丈五十メートルはある巨人などなど、百近くの種族が町や村を作って暮らしていた。

驚いたのは、多くの種族が他種族に無関心だったことだ。

「彼らは閉鎖的なんですか？」

見物が終わり、フランさんの家に向かう途中に質問する。

「どうしてそう思う？」

「どの種族も、自分たちの他にどんな種族がここに住んでいるのか、知りませんでした。せいぜい隣町に居る種族くらい。それでも種族名は知らず、遠くで見かけた程度の姿かたちしか知らなかった」

「知らないのは当たり前だ。彼らは他種族と関わらないように生活している」

「自分たちの町から出ないんですか？」

雲一つない草原をゆったりと歩く。

「ここに住む種族は、総じて魔軍と違って力が弱い。だから自衛手段として、他種族との関わりを断っている」

「でもここはフランさんの土地で、フランさんが王様なんですよね？」

「便宜上ね。でも僕は政治家じゃない。タダの研究者だ。だから好き勝手にやらせてる」

「何かあったら、フランさんが代表で指揮を執るんでしょ？」

「僕ができることは外敵から守ることくらい。皆をまとめる器じゃない」

「……フラン連邦って感じですね」

「なんだそれは？」

俺の言葉に対し、フランさんは興味無さそうに足を進める。

政治には本当に興味無いんだな。

「色々な国が集まってできた国って意味です」

「確かに、ここはそうだな」

「そしてフランさんはその代表。だからフラン連邦」

「代表なんてとんでもない。僕はただ、生活の場所を与えただけさ」

ポケットに手を突っ込んで大あくびをするフランさん。

おっしゃる通り、王様にはとても見えません。

「どうしてフランさんは魔軍と敵対したんですか」

「魔軍と敵対したのは単純。僕は、魔王にされたとはいえ人間だ。人間と戦争なんてできない」

「ならなぜ、モンスターをここに住まわせるんですか。面倒なんでしょ」

「彼らは人間と違って僕を歓迎してくれた。今までは幼馴染しか友人は居なかったのに」

フランさんは草原にポツンと建つ、大きな民家に入った。

「ここが僕の家だ。散らかっているが気にしないでくれ」

散らかってるなら片付けてください。そう思いながら、木製の扉を開けた。

本が積み重なって、背丈ほどの壁になっている。

何かを書き留めた紙が無造作に床を埋め尽くし、足の踏み場が無い。

電球がついているのに、影ばかりで暗い。

本の迷宮だ。お化け屋敷として発表したら金が取れるぞ。

「そこのドアは開けないように。大事な実験室だ」

どこのドア？　本の壁で何も見えないんだけど。

「そこの本棚は触らないでくれ。大事な研究結果をまとめた物が入ってる」

だからどこの本棚？

「あと絶対に、足元のメモは踏まないように。考えをまとめたやつだから、くしゃくしゃになったら思考もくしゃくしゃになる」

「なら退かしますね」

汚部屋だ。せめて足元の紙だけでも片付けよう。

「触らないでくれ！　どこにあるのか分からなくなるだろ！」

「俺たちに空を飛べとでも言うんですか？」

「飛ぶなんてとんでもない！　本が崩れたらどうする」

俺たちはどうすればいいの？

「外で話しましょう。空の下の方がスッキリと和平を結べます」

「せっかく来たのに外で話すのか？　ゆっくりしていけばいいのに」

なぞなぞみたいなこと言うなよ……。

俺は思わずイライラしてしまう。

「こんな散らかってるところで、ゆっくりできるかよ」

「散らかっている？　君は何を見て言っているんだ？」

「あんたの家だよ」

「僕はどこに何があるかすべて分かっている。優先度の高い物は取り出しやすいところに置いてあるし、エリアごとに分けている。見て分かるだろ？」

「ハイ、この話はもう終わり！　さっさと外に出るぞ！」

片付けられない人の常套句を打ち切って、来た道を戻る。

「埃臭いね」

ティアが手で鼻と口を押さえて進んでいく。

「もしも旦那か息子だったら、蹴り飛ばしてやるところじゃ」

ギンちゃんはふさふさの尻尾に付いた埃を払いながら歩く。

「ここどこ？」

先頭を歩いていたハクちゃんが立ち止まった。

「君たちはどこに向かってるんだ。出口はこっちだぞ」

壁の向こうからフランさんの声が聞こえる。

「なんで家の中で迷うんだよ」

外に出るのに三十分もかかった。


木陰に、十人は座れるレジャーシートを敷いて、持参した弁当を開ける。

「この大樹って、フランさんが育てたんですか？」

俺は、樹齢百年はありそうな大木の幹を撫でる。

全長五十メートルくらい、葉を広げたら巨大な傘になりそうだ。

「成長実験の過程で育った。良く僕が育てたと分かったね」

「草原に一本だけ立ってたら、なんとなく察しますよ」

俺はレジャーシートに腰を下ろした。

「これはまた立派なサンドイッチだ」

フランさんは、俺が開いた弁当箱に入っている、色とりどりのサンドイッチを見て感心する。

「ティアが作ったんだ」

「素敵な恋人が居るんだな。嫉妬してしまうよ」

フランさんが褒めると、横でティアが「にへへ」と笑った。

「紅茶とコーヒーがあるよ。どっち飲む？」

ティアは上機嫌で、鞄から水筒を取り出す。

「ありがたいが、僕は要らない。特製ドリンクがあるからね」

フランさんは家から持ってきた試験管を指さした。

「それって、何かの薬じゃなかったの？」

「いや、どう見ても飲み物だろ？」

この人は試験管に飲み物を入れるのか？

「試しに飲むか？　一か月は眠らなくて済むぞ」

「遠慮しておきます」

俺は、引きつった顔のティアと一緒に首を左右に振った。

「私は飲む！」

好奇心は猫を殺す！　ハクちゃんは銀狼だけど。

「紅茶にせい！」

ギンちゃんは、得体の知れない飲み物からハクちゃんを守った。

「美味しいのに……君たちはどうだ」

フランさんは、朱雀とキイちゃんに試験管を見せる。

「良い男からの誘いを断るのは、俺の流儀(りゅうぎ)に反するが、遠慮しておく」

「私も結構です」

朱雀はヘラヘラと冗談交じりに、キイちゃんは物々しい表情で断った。

「ふむ……君はどうだ？」

フランさんは最後に、俺の影に入り込んでいるカーミラに勧めた。

「……」

カーミラは無言を貫いていた。

「とにかく食べよう。お腹が空いたでしょ」

「うーむ……そうだな。食べよう」

フランさんはいただきますも言わないで、真っ先にトマトとチーズのサンドイッチに手を付ける。

「うん！　うまい」

そしてバクバクと、俺たちを無視して食べ始めた。

「フランさん。俺たちの分も食べてますよ」

「これは僕一人分じゃないのか？」

厚かましい人だ。

「いっぱいあるから良いですけど」

ティアは、遠慮がなくマイペースなフランさんにため息をつきながらも、皆に弁当箱を配る。

兎にも角にも、昼食が始まった。

「僕の国を見た感想はどうかな？」

フランさんはサンドイッチを口に詰め込みながら話す。

マナーが悪いけど、この人に注意してもダメだろう。

それに、会ったばかりの人にマナーを指摘するのも違う気がする。

「平和で良い国ですね。各種族が閉鎖的なのが気になりますが」

「それは仕方ない。彼らにも事情がある」

「まあ俺たちを邪険にしなかったんで問題ないです。差別的だったら困りますので」

「差別も何も、彼らは争いが嫌いだからね。たとえ君たちのことが恐ろしくても、何も言わないさ」

お互いにもそもそと、サンドイッチを食べながら話す。ティアたちは邪魔にならないよう、俺から少し離れたところで食べている。朱雀やキイちゃんは、フランさんが何かしないか聞き耳を立てていた。

「戦争を終わらせても問題ないか？」

「ぜひ終わらせたいです」

そう答えて、俺は交渉成立とばかりに握手しようとした。

「握手する前に、君の話を聞かせてくれないか」

しかしフランさんは握手を拒んだ。

「俺の話を？」

「君は勇者、つまり魔軍の敵だ。それなのに君は魔軍の大将となっている。どんな理由だ？」

「つまらない理由だし、和平交渉には関係ないと思いますよ」

「君の人柄が知りたい」

フランさんは真面目な様子だった。じっと俺の目を見ている。

嘘をついていないか観察しているのかな？

「ちょっと長くなるし、面白くありませんよ」

「僕は君に興味がある。だから面白いさ」

頑なフランさんに降参するしかなかった。

俺は自分が虐められていたこと、勇者として召喚されたが、弱いスキルだったため追い出されたこと、ティアとの出会い、亜人の国での生活についてなどを話した。

「簡単に言うと、君は自分を虐めた奴に復讐するために、魔軍の大将になった訳か」

言葉選びに容赦のない人だ。

「その通りです」

「信じられないな」

フランさんは胡坐のまま前のめりになる。

「君は一つだけ嘘をついている。君は復讐のために魔軍の大将になったんじゃない」

「いやいや、俺はあいつらが憎くてこうなったんです」

「ならばどうして人間と戦争しない？」

「それは、無関係の人を巻き込まないためです。俺が恨んでいるのはあいつらだけ」

「そうやって配慮できる時点で、君は復讐など眼中に無いと分かる」

どういうことだ？

「君の本当の目的は、世界を平和にすることだ。だから魔軍の大将になった」

「そういう訳では……」

「君は視野が狭い。自分の本当の気持ちから目を背けている」

フランさんは立ち上がった。

「僕の観察眼は本物だ。君は、同級生が大切な人に危害を加えないか心配なんだ」

そして、握手を求めてきた。

「君はとても良い子だ。僕と友達になってくれ」

なんというか、褒められすぎて背中がむずがゆかった。

「あなたの観察眼が本物かどうか知りませんが、俺もあなたと友達になりたい」

木漏れ日が眩（まばゆ）いシャワーとなって降り注ぐ。気持ちが良い。

俺はフランさんと手を重ねた。

「それにしても、フランさんはもっと礼儀にうるさい人だと思ってました」

「礼儀？　僕は堅苦しいのは苦手だ」

「そうみたいですね。著書だと、『私』とか『愚か』とか、口うるさい感じだったのに」

「あれは、編集者の言うことに従っただけだ。ああした方が良いこうした方が良いと、口うるさくアドバイスされたよ」

「なるほど。実際は堅苦しくなくて良かったです」

「僕も、君が良い子で助かったよ」

お互いに屈託なく笑ってから、俺は腰を上げた。

「では、そろそろ帰ります。人間たちとも和平を結ばなくちゃいけないんで」

「忙しいな。もっとゆっくりしたらどうだ？」

「和平交渉を終えたらまた来ます」

「仕方がない。また今度にしよう」

別れの挨拶を済ませたので、ティアたちの方を向く。

「誰か来る……」

しかしティアたちは、地平線の彼方に目を凝らしていた。

少しずつ黒い点が見えてきて、やがて、それらが空を埋め尽くす。

「まさか……エンジェル家か？」

フランさんが息を呑んだ。

黒い点はどんどん大きくなり、黒の翼を持った人間だと分かった。

まるで堕天使みたいだ。

「エンジェル家ってなんですか？　紹介されてませんけど」

「あいつらは、その……」

珍しくフランさんが狼狽していた。

その間にも大軍は近づき、ついに俺たちの上空にたどり着いた。

「フラン。俺様に断りもなく和平とはどういうつもりだ？」

漆黒の翼を持つ偉そうな青年が、バサバサと翼を羽ばたかせ、高圧的に見下ろす。

「連絡してないのに、よく今日だって分かったね」

フランさんは青年を見上げて言った。

「どうやって知ったのか、お前が知る必要はない。それよりも質問に答えろ」

青年の口調は冷たい。

「僕が一応、この世界の代表だ。なら和平の決定権は僕にある」

「この世界は俺様たちエンジェル家の物だ。貴様はただの雑用係に過ぎない。勝手に和平など、本来なら極刑だ！」

ああ、フランさんが紹介しなかった理由が分かった。

こんな奴らが居たら交渉決裂は必至。即戦争だ。

「……確かに、あんたたちも交渉の場に呼ばなかったフランさんは悪い」

俺は腹立たしい思いで、青年を睨んだ。

「お前が魔軍の新庄麗夜か。可愛らしい女だ。俺様の靴にキスをすれば妾(めかけ)にしてやろう」

いやらしく舌なめずりする。背中に悪寒が走った。

「残念だけど、俺は男だ」

「ほう、男のくせに美しいな。ならば許そう。俺様に跪き、部下になれば、特別に俺様の愛をくれてやる」

すまないが、俺はバカの言葉はさっぱり分からないんだ。

「何を言っているのか分からないな」

「分からない？　美しいのに頭は悪いな」

青年が地上に下り立った。お供の軍も一斉に地上へ下りる。

青年の顔立ちは整っている方だろう。

金銀のアクセサリーを身に付けている。服も高価な黒の礼服だ。

だが品格の欠片も無い。どんなに高価なアクセサリーや整った顔立ちで誤魔化しても、醜い本性は隠せない。

「俺は美しいものはすべて愛する。男でも女でも」

カッコつけているのか、宝塚のような身振り手振りをする。意味不明だ。

「あんた誰？」

ここまで偉そうだと、逆に興味が湧く。名前くらい知りたい。

「俺様の名はルファー。俺様の名を知れて、光栄に思うがいい」

ルファーが鼻で笑った。

失礼だな……今すぐ、ムカつく顔面にパンチしたい。

でも、せっかく和平交渉がまとまったのに、殴ったらフランさんの顔に泥を塗ることになる。

ここは我慢だ。

剣を抜いたキイちゃんと、影から現れたカーミラを制する。

「何こいつ」

ハクちゃんはぶくっと膨れている。

「関わらん方が良い。麗夜たちに任せるんじゃ」

ギンちゃんはハクちゃんを連れて避難した。

「麗夜の敵？」

ティアの表情が冷酷な魔王に変貌していた。

フランさんよりも空気の読めないルファーは、傲慢にティアを睨む。

「なんだお前らは？　俺様を誰だと思っている」

殺し合いがしたいのか？　出方によっては受けて立っても良い。

「よう！　ルファー」

だがそこに朱雀が割って入ったので、ひとまず拳を抑えた。

「朱雀か。久しぶりだな」

ルファーと朱雀は友人なのか？　そうは見えないけど。

「相変わらず傲慢だな」

朱雀は気だるそうに髪をかき上げる。

「傲慢ではない。俺様とお前たちには、天と地ほどの差があるだけだ」

ルファーは喧嘩を売るように、頭突きできるくらい、朱雀に顔を近づけた。

「もしも態度を改めるなら、特別に俺様の部下にしてやる。お前はゼラの腹心の一人だったからな」

「冗談は顔だけにしろ」

……友達じゃない。敵同士だ。

いつも余裕の態度を崩さない朱雀が怒るなんて珍しい。

「相変わらず生意気な奴だ。ゼラの腹心でなければ殺していたぞ」

「相変わらずお前はゼラが好きだな」

「はっはっはっは！」

ルファーは歯をむき出しにして笑う。

「ゼラは俺様の婚約者だ。ならば愛して当然だ」

こいつは氷漬けの女に結婚を誓っているのか？　ある意味、愛が深いな。

「婚約者？　初耳だぜ」

朱雀は負けじとルファーを睨み返した。

「一月前、ゼラの声を聞いた。彼女の封印を解けと」

途端に朱雀の顔色が変わる。

「お前、それを受けたのか。正気か？」

「正気だ。だからひれ伏せ。ひれ伏せば、お前を殺さないようゼラに言ってやる」

ルファーは余裕の笑みだ。

「封印を解けば、お前も殺されるぞ」

「エンジェル家はゼラに認められた唯一の種族だ。殺されることなどあり得ない」

朱雀の言葉を意に介する様子がないルファー。

だが、朱雀たちがこれほど恐れる存在の封印を解いて、タダで済むとは思えない。

「世界を破滅させる気か？」

「エンジェル家が頂点に立つ、正しい世界に戻すだけだ」

話が通じないと分かったのか、朱雀は体から炎を出す。

「それがマジなら、お前を殺す」

「マジもくそも、真実だ」

ルファーの返事を合図に、朱雀が炎のパンチを放った。

ルファーは手から暗黒の瘴気を出して、それを受け止める。

すると、朱雀の手が一瞬にして溶けた。

「それはゼラの力！」

朱雀は後ずさり、距離を取る。

「ゼラからプレゼントされた。これを見れば、どれほどあいつが俺様を愛しているか分かるだろ」

「お前……本当にゼラに魂を売ったようだな」

朱雀は溶けた手を押さえている。

不死鳥の朱雀はどんな傷も一瞬で治すのに、再生していない！

「次は頭を消滅させるぞ」

ルファーはクックッと笑う。

「さすがの僕も戦うしかないようだね」

フランさんはそう言うと、両腕から黒い炎を出した。

「フラン……ゼラから力をもらったようだから部下にしておいたが、歯向かうなら殺すぞ」

ルファーは黒い氷を地表に出現させた。

「麗夜様、お下がりください。危険です」

キイちゃんが俺の体を引っ張る。

「私たちが時間を稼ぎます。その間にお逃げください」

カーミラが姿を現し、剣を抜いた。

「逃げる前にやることがある」

俺はキイちゃんの腕をすり抜けて、重傷の朱雀のところに行く。

脂汗をかく朱雀の姿は実に痛々しかった。

「バカ逃げろ！　死ぬぞ」

「死なないよ」

彼の腕を取り、そこにまとわりつく瘴気に命じる。

「朱雀の傷を治せ」

瘴気は瞬時に黒から白へ色を変え、朱雀の腕を治した。

「その力は！」

フランさんも、ルファーも、朱雀も、そしてカーミラも呆気にとられる。

「俺もゼラから力をもらったんだ」

「なんだと！」

フランさんも朱雀もカーミラも驚いているようだが、一番ショックが大きかったのはルファーだ。

「バカな……あり得ない……俺のゼラがお前なんぞに」

両手で頭を押さえて、よろよろと後ずさる。

「魔界の嵐がやんで、森ができただろ。あれは全部俺がやった」

「まさか！　あり得ない！　フランはもちろん、俺様ですらあの嵐は収められなかったのに」

ルファーはショックを受けたようによろめいた。

「どうやら俺の方が愛されてるみたいだね」

俺はやれやれと肩をすくめる。

ゼラの奴。俺に好きとか言っておきながら、他の奴にも手を出しているじゃないか。

「ふざけるな……ふざけるな！」

ルファーが顔を歪めて襲いかかってきた。

「ふん！」

その横面をティアがぶん殴る！

「ぐあ！」

ルファーは思わず後ずさるが、追撃は終わらない。

「食らぇぇええええ！」

ハクちゃんのロケット頭突きがルファーの股間に決まった！

「があ！」

股間を押さえて悶(もだ)えるルファー。あれは痛いぞ。

でも、もう一人残っている。

「いい加減にせんか！」

最後に、ギンちゃんのビンタが華麗に決まった。

「ぶご！」

ルファーは見事に一回転した。

綺麗な三連コンボだ。見とれてしまう。

「お前は麗夜の敵！　許さない！」

「お前なんて嫌い！　やっつけてやる！」

「根性を叩き直してやる！」

ティア、ハクちゃん、ギンちゃんが拳を鳴らす。

怖いし……っていうか、ぶっ飛ばすのは俺の役目なんだけど。

「ルファー様！」

配下たちはルファーを助けようと武器を抜く。

「やめろ。お前たちじゃ僕に勝てない」

しかし、フランさんの一睨みだけで動けなくなった。

「く、屈辱（くつじょく）だ！　こんなことは許されない！」

ルファーは翼を広げ、空に逃げ出す。

「お前たちは皆殺しだ！　覚えていろ！」

そして、黒い靄（もや）の中に消えていった。

「逃げやがった」

残された俺は、募るイライラで舌打ちしてしまう。

「逃げられた……」

「倒せなかった……」

「軟弱な奴じゃ」

ティア、ハクちゃん、ギンちゃんも、とても残念そうだった。

しかしこの三人、ゼラよりも強いんじゃないか？　怒らせないようにしよう。

「皆、相談したいことがある」

俺は気を取り直して、呆然（ぼうぜん）とする朱雀たちに言う。

「麗夜……お前もゼラから力をもらったのか？」

朱雀たちは混乱するばかりだ。

「事情を説明するよ」

やれやれ、色々とややこしい事態になった。

ただ、確実に言えることがある。

これからエンジェル家と戦争だ。

第三章　傲慢なるエンジェル家

「ゼラから告白された……？」

曇り空の草原で、レジャーシートに座って説明すると、朱雀たちは頭（かぶり）を振る。

「麗夜。告白は嘘だ。あいつはお前に、封印を解かせるために力を与えたんだ」

「そうかな？」

「あいつは血も涙も無い。人を愛することも無い」

朱雀たちはゼラを信用していなかった。

あれだけ恐れているのなら、当たり前か。

ただ俺は、朱雀たちが言うほどゼラのことが怖くなかった。

出会った時の凄まじい気迫には圧倒されたが、喋ってみると普通の女の子だった。

突然結婚を迫る、ちょっと危ない子だが。

「俺は封印を解くつもりはない。それよりもルファーたちだ」

俺のゼラに対する気持ちを話しても、三人は信じないだろう。なら、胸に仕舞っておくのが一番だ。

それに、もし封印を解けば、魔軍が大パニックになって、収拾がつかなくなる。

ちょっとだけ可哀そうに思うが、大暴れした代償だと我慢してもらおう。

「まず、エンジェル家ってなんなの？　バカの集まりか？」

俺は胡坐を崩して足を伸ばす。

さっきまでと違って曇り空。この先の展開を物語っている。

平和に終わると思った矢先に戦争だ。嫌な気分になる。

「君も怒ってるな」

「当たり前でしょ」

フランさんに言われて、俺はため息をついた。

するとフランさんが朱雀を見た。

「僕よりも朱雀の方が、エンジェル家に詳しいかな」

「あいつらの歴史くらいなら。なんでここに住んでるのかは、フランが説明してくれ」

そう言って、朱雀は愛用のキセルを指で回した。

「エンジェル家は神々の使いで、創造神が初めて作った知的生命体だ」

「神々の使いねえ。一応偉いんだ？」

俺が尋ねる。

「偉いっちゃ偉いな。でも偉いのは、あいつらが神々に仕えていたから。神々が居なくなった今となっちゃあ普通の種族だ」

「神様、居なくなったの？」

「ゼラがぶっ殺した」

なんて奴だ。

朱雀もそう思うのか、深々と煙を吸い込んだ。

「神々が居なくなった後は、ゼラに仕えるようになった」

「だからあいつは、ゼラを復活させても自分たちは平気だって言ってたのか」

「ゼラは気まぐれだから、エンジェル家も普通に殺してたぞ」

「マジ？」

思わず聞き返す俺。

「エンジェル家は白い翼を黒くしたり、人間や魔物を殺したり家畜化したりと、ゼラのご機嫌を取った。ゼラは喜びながら、服従するエンジェル家も拷問したりして殺した」

「つまり、ご機嫌取りは意味が無かった？」

「ちょっとだけあったかもな。真っ先に殺されることは無くなった。まあ、死ぬのが遅いか早いかくらい？　あいつらはそれでも、ゼラのご機嫌を取り続けてたが」

「ゼラも悪いけど、エンジェル家も酷いな」

俺がそう言ったところで、ギンちゃんが無言でお茶を配る。

ティアとハクちゃんは仏頂面でお茶を受け取った。気分が悪いのは皆も同じだ。

「気持ちは分からなくはないがな。ただし、ゼラが封印されたら、手のひら返して俺たちも被害者だって言い出した」

「まあ、気持ちは分かる。だったら、あいつらもゼラの危険性を理解しているんだろ？」

「それがどうも、あいつらの子孫は、ゼラの寵愛を受けたって教育されてるらしい」

「なんで？」

「プライド高いからな。ゼラに愛されてたって方が見栄え良いんだろ」

凄い教育だ。

「だからあいつは、ゼラを婚約者とか抜かしたのか」

俺がお茶を飲むと、いつもより苦い気がした。

「ただルファーは、エンジェル家の歴代当主の中でも一番のバカだ。しかも、傲慢と偏見と差別意識の塊だ。自分が頂点だと疑わない」

見たから分かる。ルファーは生粋のバカだ。

朱雀は話し終わったようで、お茶に手を付けて黙った。

「あいつがどんな奴が概ね分かった。だけどフランさんは、どうしてあんな奴らを仲間に？」

フランさんは項垂れている。顔を起こす元気も無いのかもしれない。

「僕は、来る者拒まず去る者追わず、を貫くからね。住みたいと言ったから、勝手にすればって言った」

「あんな態度なのに？」

「傲慢でムカつくけど、基本的にこっちに干渉してこないから放っておいた」

「でもルファーは、フランさんを部下だって言ったよ」

「彼がそう思ってるだけ。戦闘になったら戦いに行けって命令してくる。僕は元々そのつもりだから、従っている訳じゃないんだけどね」

フランさんが放任主義を貫き通したから、調子に乗っちゃったって感じか。

でもフランさんはなんだかんだ優しいから、結局あいつらにこき使われただろうな。

そう考えると、奴が増長したのも当然かもしれない。

「最後に聞きたいけど、あいつらはゼラが封印されている場所を知ってるの？」

「エンジェル家は古参の魔王だ。先代当主から教えられていてもおかしくない」

いつでも封印を解くことができる訳だ。

状況は悪い。でもチャンスはある。

「了解。あとはあいつらの裏をかくだけだ」

「裏をかく？」

フランさんが首をかしげた。

「おそらくあいつは、ゼラを復活させる前に、俺たちを皆殺しにするつもりだ」

「なんでそんな手間を？」

「婚約者の前でカッコつけたいだろ」

ルファーの性格は、虐めっ子の田中(たなか)たちに似ている。

自分の思い通りに進まないと気が済まない。歯向かう奴は徹底的に追い詰める。

プライドが高く、女の前ではカッコをつける。そうやって自分に酔う。

ルファーは、俺たちが地に這いつくばる姿を望んでいる。

平伏する俺たちの姿をゼラに見せて、自分の力を誇示(こじ)したいと思っているだろう。

「あり得る話だ」

朱雀も納得したようだ。

「まだ時間的猶予はある。すぐにフラン連邦の皆を魔王城へ避難させよう」

「この世界の魔王を魔王城へ？　なぜだ。とても大変だぞ」

俺の提案に、フランさんが尋ねた。

「あいつらは彼らを人質にして、フランさんに味方になるように言ってくるよ」

俺には、卑怯者（ひきょうもの）のやることが手に取るように分かる。

嫌な話だが、経験が生きていた。

「チッ、吐（は）き気がしてくる」

フランさんの舌打ちで話は決まった。

「おそらくもう、エンジェルたちは行動を開始してる。ギンちゃんとハクちゃんは、皆と一緒に避難して。朱雀とフランさんは、エンジェル家から皆を守って。キイちゃんはダイ君たち騎士団をここへ呼んだ後、避難誘導をお願い。カーミラは魔軍の皆を呼んできて」

「君はどうするつもりだ？」

フランさんが問う。

「俺とティアはエンジェル家に突撃する」

攻撃は最大の防御だ！

「おお！　ティアが麗夜を守る！」

さっきから俺に抱き付いているティアが、力強く拳を掲げた。

「ところでティアは、なんで俺に抱き付いてるの？」

「麗夜はティアの物。ゼラに渡さない！」

チュッチュッとキスされる。

「俺はゼラなんかに興味無いから、とりあえず離れて」

「嫌。麗夜はティアの物」

「動けないいんだけど……」

「麗夜はティアのお嫁さん」

逆だ逆。

「麗夜様とティア様だけで大丈夫でしょうか」

正座して聞いていたカーミラが、不安そうに言う。

足が痺れないのかな？　崩してもらって構わないけど。

「大丈夫大丈夫。危なくなったら逃げるから」

「しかし……」

「誰も死なせたくないんだ。だから頼むよ」

カーミラとキイちゃんに微笑みかける。

「お優しい麗夜様。ご命令通りに」

「ご無事で」

二人が頭を下げたのが、作戦開始の合図だった。

■

麗夜が行動を開始したころ、ルファーは自分の城で酒を飲んでいた。

「俺様は世界の頂点だ」

ルファーは黄金の玉座に座って、隣に座る美しい妹に笑いかける。

「ええ。お兄様は世界一です」

「だから俺様は、魔軍も人間も支配しなくてはならない」

ルファーはアルコールと己の妄想に酔っぱらっていた。

「世界の頂点となった時、ゼラの封印を解く。そうして、俺様にひれ伏す奴らを見せる」

自然と口元がにやけた。

「女どもは生かして連れて来い。他の奴らは殺せ」

しかし、ルファーの機嫌はすぐに悪くなった。

自分の前に跪く、白髪の先代当主が原因だ。実の父親の眉間の深いしわは、その心情を表すように険しかった。

百畳と広い部屋が、ルファーの邪悪さを物語るように薄暗かった。蝋燭（ろうそく）の火はとても頼りない。

「ルファー……お父様にこんな仕打ちは無いでしょ」

父親の隣で跪く母親が顔を上げた。

多数の小じわが心労を物語る。美しかった肌はシミでくすんで見る影も無い。

「ロクサーヌ。俺様は顔を上げて良いなんて一言も言ってないぜ」

「母親を呼び捨てとはなんですか！」

ロクサーヌは乱れた髪を振り乱して立ち上がる。

ルファーは右手から瘴気を放ち、実の母親を大理石の壁に叩きつけた。

「ルファー！　何をする！」

父親が、息子の蛮行を止めるために立ち向かおうとしたが、ルファーは玉座から立ち上がって、父親の頭を踏みにじる。

「俺に口答えするな！　俺はゼラの婚約者！　世界で一番偉いんだ！」

何度も何度も踏みつける。鼻血が出ようと歯が折れようとやめない。

大理石の床に血が広がった。

「お兄様！　やめてください！」

妹が抱き付くと、ルファーは妹の顔を掴んで引きはがす。

「殺されたいのか？」

ギリギリと手に力を込めると、妹の頭蓋骨が軋んだ。

「おにい……さま……」

「俺はゼラに認められた男だ。世界一の男だ。全員跪け！」

ルファーは妹を無造作に投げ捨てて、家族を見下ろした。

「で、お前たちは何をしている？」

ルファーは横手に控えていた軍団長を睨む。

「いえ、その……」

「さっさと行ってフランどもを殺してこい！」

ルファーの怒号で、歴代当主の肖像画が床に落ちた。

「む、無理です！」

軍団長は手を後ろで組んだまま言った。恐怖で、表情も体も岩のように強張っている。

ピクリとルファーの眉が動いた。

「無理だと？」

ルファーは獲物を狙う爬虫類のように、ギョロリと視線を定めた。

「私たちではフランに勝てません。ルファー様のお力が無いと」

「つまりお前は、お使いもできない無能ということか」

ルファーが右手を振ると、軍団長は一瞬で、赤い粉となって消えた。

「フランなど容易い。人質を取れば俺様の言うことを聞く。だからまずは人質を連れて来い」

「人質とは……」

殺された軍団長に代わり、副団長が震える。

「小人や妖精たちだ。見せしめに半分くらい殺せ」

「ルファー様。それはあまりにも」

「あまりにも、なんだ」

ルファーの漆黒の瞳が副団長を捉える。

「承知しました……」

副団長は敬礼して部屋を出ていった。

「ルファー……ゼラを復活させるなど、バカなことはやめろ」

父親はよろよろと顔を起こす。

「またその話か」

ルファーは玉座に戻るとワイングラスを持ち、侍女にワインを注がせる。

「エンジェル家はゼラの寵愛を受けていた。そうだろ」

「ゼラは世界を滅ぼす存在だ。たとえゼラが私たちを愛しても、周囲は荒野だぞ」

「結構！　エンジェル家以外の種族は死ねばいい」

家族はルファーの言葉に耳を疑う。

「バカなことを言うな！　すぐに考え直せ」

「そもそも俺様は、他の種族が気に入らない！　誰も俺様に敬意を払わない！　俺様は偉いのに！」

ルファーは父親にワイングラスを投げつけた。

「俺様は寝る。俺様が起きるまでに終わらせておけ」

ルファーは妹を跨いで自室へ戻った。

「あなた……」

ロクサーヌは血を吐きながら、夫の顔の傷を治癒魔法で癒す。

「私は確かに、エンジェル家はゼラの寵愛を受けていたと聞かされた。だがゼラを復活させて世界を滅ぼせ、とは教育されていない」

父親は頭を抱えて蹲る。その姿は神に助けを乞うようだった。

「誰かあいつを止めてくれ……」

その時、伝令が飛び込んできた。

「魔軍の大将、新庄麗夜が城門に向かってきています！」

父親たちは耳を疑った。

「魔軍の軍勢が迫っているのか！」

家族の目に光が戻る。バカな息子を止めてくれると期待したのだ。

「ふ、二人だけです」

しかし、詳細を聞くと暗い顔に戻った。

「魔軍の大将は大バカだ……」

打ちひしがれた家族は神に懺悔するように、地に手をついたまま体を丸めた。

■

俺とティアは、エンジェル家の城門から五キロ離れた砂利道の大通りで、エンジェル家の軍勢を待ち受けた。

周りには草木が生い茂っていた。そして大きな川が城門を取り囲んでいる。

天然の要塞だ。城壁の高さも手伝って、難攻不落に見える。

「どうして麗夜が攻撃するの？　他の人に任せても良かったんじゃない？」

ティアはぐっぐっと屈伸運動をして準備する。やる気満々だ。

「俺たちが暴れれば、エンジェル家の軍勢は皆こっちに引き返してくる。人質を取るなんて悠長なことをしている暇は無くなる」

俺たちは囮であり、盾だ。

魔軍の大将が前線に出たとなったら、フラン連邦の人々を誘拐するどころでは無くなる。

何せ大将は戦争において、最重要の存在だ。倒せばゲームが終わる。

チェスや将棋と同じだ。

俺はその心理を突く。

「皆を守るため！」

ティアは理解してくれたようだ。

こんな作戦、本来は論外だ。やる価値すらない。

しかし、俺とティアは魔軍でも最強の力を持っている。特にティアは俺よりも強い。

ティアが居るからこそできる作戦だ！

「攻撃は最大の防御だ」

「分かった！」

ティアがガッツポーズしたところで、エンジェル家の城門が開いた。

分厚い鉄門がギリギリと持ち上がり、軍勢が一斉に飛び立ち、こっちに向かって来た。

「空を飛べるから速いな」

見る見る距離が縮まってくる。

「来たぞ」

空が雷で覆い尽くされる。

天の雷か。天使らしい。

大量の雷の槍が一斉に、俺たちに降り注いだ。

「麗夜を守る！」

ティアが俺の前で、大の字になって盾となる。

「そんなことしなくていいから」

被弾する寸前に結界を張る。

「結界魔法発動」

青いバリアーが俺たちを包む。雷の槍は雨のように降り注ぐが、ヒビを入れることもできない。

チートによるゴリ押し。

戦争は勝ったものが強者だ。エンジェル軍には我慢してもらおう。

それに、ルファーもゼラの力なんてチートを使ってるから、お互い様だ。

「麗夜、凄い！」

パチパチパチと、口を丸くして拍手するティア。

「ティアだって使えるぞ」

バリアーがバチバチと攻撃を弾く中、俺は呑気にため息をつく。

「およ？」

「以前、田中たちを倒してスキルを奪っただろ。それで使えるんだ」

「おお！　全然使ってなかったから忘れてた！」

ティアはそう言って笑った。

俺を身をもって守ろうとするなら、せっかく得たチートを忘れないで欲しいな。こっちだってティアが傷つくのはつらい。

まあティアは、存在そのものがチートの塊みたいなもんだから、忘れてしまうのも無理はないけど。スライムの体はほとんどの攻撃を無力化するし。

「それで、バリアー張ったけどどうするの？」

「しばらく待ってよ。向こうから突撃してくるはずだから」

広い砂利道で、奴らが来るのを待つ。

「着陸しろ！」

飛び道具が通用しないと分かって、エンジェル兵は俺たちを取り囲むように、次々と地面に降り立った。

軍隊行動の練度は魔軍よりも上だ。統率が取れていて、戦術を知っている。

ただ、個々の力は魔軍の魔王たちに劣るだろう。

武器は雷をまとった剣と大弓だ。鎧は白銀の甲冑、布のローブの上に着ている。

「まあ関係ないんだけどね」

俺は生成チートで、芭蕉扇を作った。

「エンジェル家に帰りな」

芭蕉扇——一たび扇げば突風を生み出す伝説の扇。

バリアを解除して一振り。

天が震え、大地が捲れ、雲ごとエンジェル軍を吹っ飛ばした。

「何だとぉおおお！」

隊長らしき人が叫んだので、ティアと一緒に手を振る。

「またね」

「バイバイ！」

軍勢は綺麗さっぱり吹き飛んだ。

「ふふふ。麗夜は強い」

ティアが胸を張ると、膨らみが大きく揺れた。

「あとはこれの繰り返しだ」

砂利道に腰を下ろしてあくびをする俺。

少しケツが痛いな。でもレジャーシートを敷いてくつろぐのは、さすがに場違いだろう。

兎にも角にも、これだけ派手にやれば、出動した敵の部隊も大急ぎで帰ってくるはずだ。

「麗夜。ティアもやりたい」

ワクワクとして、ティアが芭蕉扇を構えている。

「良いぞ」

「やった！」

ティアが嬉しそうに芭蕉扇を振り回した。

ゴオオオオオ！

竜巻が起きて、体が吸い寄せられる。

「麗夜！　ティアたち飛んでる！」

ティアはスカートを押さえながら木の葉のように舞う。

「吹っ飛ばされてんだよ！」

上も下も分からない！　洗濯機に放り込まれたみたいだ！

「なんでこうなるんだよぉおおおお！」

「あーれー」

俺とティアは、芭蕉扇で空の彼方に吹き飛ばされてしまった。

■

麗夜がティアとどこかへ飛ばされたころ、エンジェル家は大混乱だった。

「すぐに部隊を呼び戻せ！」

先ほど副団長から軍団長へ昇格したばかりの男が、作戦指令室で指示を飛ばす。

「新庄麗夜が、竜巻とともにどこかへ消えました！」

「罠だ。今に伏兵が攻めてくるぞ」

軍団長は落ち着きなく、指令室を歩き回る。

「ルファー様にご連絡した方がよろしいのでは。私たちだけでは勝てません」

「あいつに連絡したら殺されるぞ。俺たちでなんとかするんだ」

たった二人に撃退された。力の差は歴然としている。

本来なら、同じ力を持つルファーに出動してもらうしかない。

そうしないと麗夜たちを撃退できないし、手間取っていれば続々と魔軍が押し寄せるだろう。

しかし、ルファーに助けを求めることはできなかった。

殺されるだけだ。

「軍団長。この後の作戦は？」

「敵は思った以上に接近している。そして実力差は明白。ならば城で迎え撃つぞ。防御に徹すれば敵も消耗（しょうもう）し、チャンスが生まれる」

防衛戦。残された策はこれだけだった。

戦争は守る方が有利だ。策としては間違っていない。

しかしそれは同時に、足止めを食らうということ。

麗夜の作戦は見事に成功した。


「麗夜は上手くやったみたいだな」

朱雀は、大急ぎで去っていくエンジェル兵を見て言った。

「麗夜の予想通りになったね」

フランは傷ついた蛇人を魔法で癒す。

やはり天の使いであるエンジェル兵は強かった。

振るう剣は太陽のように熱く、放たれる矢は雷で、すべてを焼き尽くす。

小人や妖精といった弱小種族では歯が立たない。

死者も人質も出なかったのは、幸運に他ならなかった。

しかし作戦は順調で、エンジェル兵が城に立てこもると、フラン連邦は戦争中とは思えないほど平和になった。

「今のうちに魔王城へ、皆を避難させるぞ」

朱雀たちは作戦通りに事を進める。

「どうしたの？　いったい何があったの？」

妖精たちはフランの耳や鼻を引っ張る。不安の表れか、じゃれついているのか。

「ルファーがついに血迷った。君たちを殺そうとしている」

「まあまあ。いつも血迷ってると思ったけど、ついにお家に帰れなくなっちゃったのね」

妖精たちは悪戯（いたずら）っぽい顔でクスクス笑い合った。

「だから君たちを避難させる」

「どこへ？」

「魔軍の領地だ」

「あらあら。私たち食べられないかしら」

「魔軍の大将はとても良い子だ。信用してくれ」

妖精の頭を、指先でくりくりと優しく撫でるフラン。

「良いわ。良いわ。私たちはあなたが大好きだもの。あなたが信用するなら、私たちもその子を信用するわ」

妖精たちはフランの頬にキスをした後、傍に居たキイちゃんに近寄った。

「あなたが私たちを連れてってくれるのね」

「あ、ああ。大人しく付いてこい」

キイちゃんは小さく微笑む妖精に困惑した。妖精たちが大人しく付いてきてくれるか不安なのだ。

「安心して。私たちはあなたのお友達だから」

妖精たちはふわふわと移動し、キイちゃんの肩や頭の上に乗っかり、物珍しい生き物を触るように撫でた。

「あらあら。とても綺麗なお肌と髪ね」

「体も鍛えられているのに、柔らかいわ」

「羨(うらや)ましいわ」

妖精たちはキイちゃんの体を触りまくる。

「こら、くすぐったいぞ」

キイちゃんは体にまとわりつく妖精たちにされるがままだった。

麗夜から、優しく接しろと命じられたため、振り払うこともできない。

「あらあら。とっても可愛いわ」

「私たち、あなたが気に入ったわ」

妖精たちはキイちゃんの態度に気を良くして、さらに悪戯する。

それを見てフランが微笑んだ。

「気に入られたようだね」

「うう……私もここに留まりたい」

「騎士団は皆を魔王城へ案内する役目なんだろ。頑張って」

「誰かに代わって欲しい」

キイちゃんは頬っぺたを引っ張られながら、涙を流した。

避難は予想以上にスムーズに進んだ。

魔王フランの人徳である。

昼を過ぎた頃に避難は完了し、入れ替わりに魔軍が到着した。

「戦争だ戦争だ！」

「久しぶりね！」

「頑張るぞー！」

ガイ、メデューサ、マリア。荒くれ者の集まりである魔軍はフラン連邦に入るなり、武器や牙を掲げた。

血が騒ぐというやつだろう。実に楽しそうだ。

「避難も済んだし、エンジェル家に行くぞ。麗夜がそこで待ってる」

朱雀が言うと、ガイ、メデューサ、マリアが応じる。

「おっしゃあ！　大将首を取ってやる！」

「誰が一番先に大将を倒せるか競争よ！」

「麗夜様に褒めてもらう！」

朱雀とフランを先頭に、魔軍は和気あいあいとエンジェル家の城門に向かう。

成長したガイたちの行軍は速く、三十分で到着した。

「麗夜はどこだ？」

ところが、待っているはずの麗夜とティアが居なかった。

砂利道は台風が直撃したかのように滅茶苦茶になっている。草木も横なぎに倒されている。

エンジェル軍と交戦したのか、地面に雷で焼けた跡が残っていた。

予定と異なる異常事態だ。

「まさかルファーに捕われたのでは！」

カーミラが悲鳴を上げると、一斉に魔軍が沸き立つ。

「こうしちゃいられねえ！　すぐに突撃するぞ！」

「麗夜ちゃんを助けるわよ！」

「突っ込めー！」

ガイ、メデューサ、マリアは、猛犬のごとくエンジェル家に狙いを定めた。

「待て！　あの城壁に突撃する気か！　危険だ！」

フランが引き止めるが、誰も言うことを聞かない。

「危険上等！　死んで上等！　行くぜ」

ガイ率いるオーク部隊が走り出す準備をする。

「壁なんて切り開いてやる！」

ガイは走り幅跳びのように、五キロ先の城門へ弾丸のように飛び出した！

「はや」

フランが驚いた直後、分厚い城門が豆腐のように真っ二つに切り裂かれた。

「暴れるぜてめえら！」

「おおおおお！」

城門を破ったオーク部隊が、エンジェル軍を蹂躙(じゅうりん)すべく踏み込む。

「負けてられないわよ！」

「突撃ー！」

切り込み部隊に続いて、メデューサやマリアも、魔軍を引き連れ駆け出した。

走る速度は風のよう。あっという間に魔軍はエンジェル家に侵入した。

「速すぎだ……」

取り残されたフランは立ち尽くして放心している。

「あいつらなら、ルファー以外楽勝だろ」

フランの隣で、朱雀は遠目から、ルファーがどこに居るか探す。

ダダダダダ！

そこにギンちゃんが遅れて登場した。

「ハクはどこに行った!?」

汗だくで息も切れている。

「魔王城で待機じゃなかったのか？」

朱雀が首をかしげると、ギンちゃんはゼイゼイと膝に手をついた。

「あのバカ娘！　目を離した隙に消えおった！」

「良い女になるぜ」

朱雀は手でスコープを作る。

「お、あそこで戦ってるぜ」

「何！」

ギンちゃんは朱雀の指さした方向に目を凝らす。

「かかってこい！」

ハクちゃんは徒手空拳で、エンジェル兵相手に無双していた。

「あのバカ娘がぁあああああ！」

こうしてギンちゃんもエンジェル家に突入していった。

「統率も作戦も、何も無いな」

フランは白い目で朱雀を見る。

「だから麗夜が必要なんだよ。居なかったらこうなる」

朱雀は、城の最上階にルファーがいることを確認した。

「ルファーは最上階だ。俺たちで足止めするぞ。あいつが動き出したら戦況がひっくり返る」

「百よりも、一が強い。戦いは算数と違うね」

朱雀とフランもエンジェル家に突撃した。


一方、エンジェル軍は大パニックだった。

「城内に侵入した魔軍が、次々と部隊を撃破しています！」

「どういうことだ！」

軍団長は机を叩く。部隊の消耗品や、作戦計画などをまとめた書類が床に散らばった。

「魔軍は確かに強い！　しかし一人一人は我が兵と互角のはず！　数で負けているとはいえ、どうして蹂躙される！　なぜ城門が破られた！」

「ガイという魔王によって切り裂かれました」

「バカな！　あの城門は、魔素とオリハルコンを加工した鉄壁だ！　誰にも破られるはずはない！」

「しかし破られました！　もうエンジェル家は終わりです！」

「くそ！」

机を蹴っ飛ばしても状況は変わらなかった。

ドタドタドタ。慌ただしい足音が作戦指令室に入ってきた。

「ここが敵の本拠地か！」

魔王ガイだった。

軍団長は武器に手をかける。

「勝負ありだ！」

しかしその前に、ガイが軍団長の喉元に斧を突きつけた。

「戦うってんなら首を落とす。武器を捨てるならなんもしねえよ」

完全なる敗北だ。

「魔軍も優しくなったな。今までなら、問答無用で首を切り落としていたのに」

「麗夜様に殺すなって言われた。だからそれを守ってるだけだ」

軍団長含め、全員が武器を捨てて膝をつく。

作戦指令室は瞬く間に制圧され、もはやエンジェル軍にできることは無い。

「自分たちが殺されるかもしれないのに、手加減するのか」

「麗夜様に言われたなら、俺たちはそうするだけだ」

「新庄麗夜は、ずい分と魔軍に好かれているな」

「お前も会えばすぐに好きになるぞ！」

ガイは自信満々に笑う。

「王の差か……」

軍団長は苦笑するしかなかった。

「そうだ！　麗夜様はどこに居る！　もし殺してたら、お前らも殺すからな！」

麗夜のことを思い出したガイは、斧を振り回して軍団長を脅した。ただしエンジェル兵を傷つけないように注意して。

「ここには居ないぞ」

「本当か？　嘘だったら殺すぞ」

ギロッと睨むガイ。しかし軍団長は目を逸らさない。

「嘘も何も、捕えたなら人質にするぞ」

「なら麗夜様はどこに居る？」

「そんなの知らんよ」

ガイが軍団長と話していると、最上階で爆発が起きた。

「なんだなんだ」

「ルファー様が目覚めた！」

エンジェル兵たちは一斉に震え始めた。

「どうした？　怖いのか？」

「あの人はもうダメだ！　逃げないと全員殺されるぞ！」

「ならお前らは逃げろ」

ガイは楽しそうに、斧を肩に担いだ。

「お前は逃げないのか？」

「俺はルファーに、麗夜様がどこに居るのか聞く」

「殺されるぞ！」

ガイは天井を見上げ、「ガハハハッ」と豪快に笑った。

「上等上等！　麗夜様のためなら死んでも誉れだ！」

ガイが笑ったところで、メデューサとマリアが、わざわざ部屋の壁をぶち破って登場する。

「遅かったわ！」

「負けた！」

二人とも、制圧された指令室を見て落胆した。

「俺の方が速かったな」

「まだまだ！　麗夜ちゃんを助けた方が勝ちよ！」

「そうそう！」

二人は悔しそうにしかめっ面をする。

競争気分で戦争する。

これもまた魔軍らしいと言えば魔軍らしい。

「そういや上に、ルファーとかいう奴が居るらしいぜ」

「麗夜様もそこに居るの！　突撃！」

マリアが一足先に、天井をぶち破って上階へ行く。

「手柄は俺のもんだ！」

「今度は負けないわよ！」

ガイとメデューサもそれに続いた。

「私たちも新庄麗夜に鞍替えしますか……？」

「あいつらと一緒になるなんて御免だ。命がいくつあっても足りない」

エンジェル兵と軍団長は、肩を落として笑った。

第四章　ゼラ復活

城の最上階は、ルファーとフランの魔法攻撃がぶつかり合ったことで、壁が吹き飛んでいた。

「身のほど知らずが。二人だけで勝てると思っているのか？」

ルファーが、フランと朱雀を前に不敵に笑う。

「一より二の方が大きいだろ？　君って数字も分からないのかい。だったら、僕が書いた教科書を貸してあげるよ」

「ふざけやがって」

粉塵（ふんじん）が舞い上がり、三人の頭を白く染めていく。

ルファーとフランは黒い瘴気を、朱雀は白い炎をまとい、互いを牽制し合う。

強い風が三人の髪を撫でた。

空は雨雲、下は魔軍の攻撃で大混乱だ。

「お前は、俺様とフランよりも弱い。足手まといだぜ」

ルファーは余裕たっぷりに朱雀を指さした。

「前は不意打ちだったからな。今度は分からないぜ」

「不意打ち？　真正面から戦っただろ」

「お前がゼラの力を持っているとは思わなくてな」

「負け犬め」

ルファーは次にフランを見据える。

「お前は確かにゼラの力を持っている。しかし所詮は人間。同じ力なら俺様が勝つ」

「僕にビビッてたくせに、大きな口をきくね」

「口を慎め、下等生物」

「本当のことだろ。僕に色々言う時はほとんど手紙。実際に顔を合わせたのは数回。直接偉そうな口をきいたのは、ゼラに力をもらってから。女の力が無いと何もできないなんて、情けないね」

「うるせぇえええ！」

ルファーが地団駄を踏むと、城全体が震え、ヒビが入った。

「てめえらなんか怖くねえ！　二人まとめてぶっ殺してやる！」

「できる？　僕たちが近づいてきたのが分かっただけで、驚いて力を暴発させた君に？」

「すぐに分からせてやる！」

ルファーが残像を残してフランに接近する。

ルファーは盛大にすっころんだ。

「足元がお留守だぜ」

それを読んでいた朱雀が水面蹴りで足払いすると、ルファーは盛大にすっころんだ。

「ぐぁあああ！」

まるででんぐり返しするように転がり、危うく下に落ちそうになった。

「ヤバいヤバい！」

ルファーは床の縁に掴まって、情けなく這い上がる。

「朱雀！　てめえ卑怯だぞ！　俺様がフランと一騎打ちしようとしてる時に！」

「お前……この状況下で俺が邪魔しないと思ったのか？」

「俺様はフランと戦うんだ！　お前はそこで待ってろ！」

「お前の二対一って、そういうことだったの……」

都合の良い解釈に、朱雀は呆れるしかなかった。

「確かに、それなら僕たちに勝てるかも……盲点だった」

フランはなぜか感心していた。

「良いぜ朱雀！　まずはてめえからだ！　フランはそこで待ってろ！」

「僕はチーム戦は初めてなんだけど、こう言われたらどうするの？」

フランは堪らず、朱雀に質問する。

「良いよ。俺が相手になってやる」

朱雀は頭を掻いてバカバカしそうに言った。

「へへへ。フランならともかく、俺様がお前に負けるか」

ルファーがニタニタと笑い、血走った目で睨む。

朱雀は肩をすくめて鼻で笑った。

「さっさとかかってこい」

ルファーのこめかみに青筋が立った。

「後悔しろ！」

再び残像を残して朱雀に突進するルファー。

「ほいっと」

朱雀は合気道の要領で、軽くルファーをいなした。

「おわぁあああ！」

またしてもルファーはごろごろ転がって、下に落ちそうになる。

「な、なぜだ！　俺様はお前よりも強いのに！」

這い上がると、手も足も出なかったことに驚愕(きょうがく)する。

「お前はゼラの力を使いこなしていない。おまけに体術は素人同然。そんなでくの坊に、負ける方がおかしいぜ」

朱雀は徹底的にルファーを挑発する。

「ふざけやがってぇええぇ！」

朱雀の予想通り、激怒したルファーは単調な攻撃を繰り出す。

確かにパンチの速度と威力は規格外だ。大地に当たればクレーターを作るだろう。

しかし頭に血が上った状態で繰り出す攻撃は、前後に大きな隙を生む。

武術の達人からすれば、目を瞑っても避けられる。

「ほいよっと」

朱雀は何度も何度もルファーをいなした。ため息をつく余裕すら見せる。

「くそ！　くそ！」

ルファーは朱雀の挑発に釘付けだった。周りを見ていない。

「悪いけど退屈だから、そろそろ攻撃させてもらおうよ」

フランはルファーの隙だらけの背中に、瘴気をまとった掌底を叩き込んだ。

「ぶは！」

まともに食らったルファーは血を吐き、よろける。

しかしフランの渾身の攻撃も、ルファーに致命傷を与えられなかった。

「しぶといな」

「さすがゼラの力をもらっているだけある。頑丈だな」

二人は呟き込むルファーを苦々しく睨んだ。

ルファーは曲がりなりにも、神に仕えたエンジェル家の血を引いている。常人よりも身体能力や耐久力は遥かに高い。

そこにゼラの力も加われば、不死身にして鉄壁の肉体を持った存在となる。

「ちくしょう……ちくしょうぉおおおお！」

ルファーは体内から瘴気を放出する。それだけで床が腐食した。

「もうてめえらを許さねえ！　城もろとも木っ端みじんにしてやる！」

「仲間も犠牲にするつもりか」

フランが止めようとするが、ルファーは聞かない。

その時、ルファーの足元の床にヒビが入った。

「到着！」

マリアが床をぶち破って現れた。図らずも、ゴキンとルファーの下半身にマリアの頭がめり込む。

「はう！」

ルファーはへなへなとよろめいた。

ルファーの災難は終わらない。再び足元にヒビが入る。

「どっこいしょぉおおお！」

ガイがアッパーカットで、床を粉砕して参上した。

ゴキゴキ！

ガイの拳が、床のついでとばかりに、ルファーの顎にめり込む。

「ぐげぇ！」

グルングルンと十回転して顔面から床に倒れるルファー。

「負けちゃったわ！」

最後にメデューサが、床と一緒にルファーを天高く吹き飛ばして登場した。

「マリアが一番！」

「いやいや、俺の方が速かったぞ」

ガイたちは颯爽と登場したかと思えば、すぐに言い争いを始める。緊張感が無い。

「お前ら何してんの？」

真面目な空気がぶっ壊れたので、朱雀はキセルを取り出して一服する。

「おお！　朱雀！　ルファーって奴はどこに行った？」

「なんでルファーを探してんだ？」

「麗夜様がどこにもいない！　ルファーって奴が知ってるかもしれねえ！」

「うーん、知らねえんじゃねえか」

「なぜそんなことが分かる！」

「麗夜を捕まえたならド派手に自慢するさ」

「そうなのか」

「ルファーって奴はそういう奴だ」

ガイと朱雀の会話が終わると、ルファーがベシャリと落ちてきた。

「こいつがルファーだ」

ぴくぴくしているルファーを指さす朱雀。

「こいつが麗夜様を誘拐した犯人か」

「麗夜ちゃんに拷問するなんて許せない！」

「ぶっ倒す！」

マリア、メデューサ、ガイがボキボキと指を鳴らす。

「お前たち、俺の話聞いてないな……」

朱雀は猪突猛進な三人に嘆息した。

「ちくしょう……なんで俺様がこんな目に」

ルファーは血だらけの姿で起き上がる。

「しぶといなお前。さすがの俺も呆れるぜ」

朱雀がそう言うのも当然だ。血は付いているが、すでに傷は塞がっている。息も切れていない。

驚くべきタフネスとスタミナだ。

「なぜ屑どもがここに居る！　下の奴らはどうした！」

「あいつらなら降参して逃げてるぞ」

ガイが下を指さす。

覗き見ると、戦意を失ったエンジェル兵がゾクゾクと脱走していた。

「あいつら！」

「お前、すげえ嫌われてるな」

ガイはゲラゲラと、真っ赤な顔をするルファーを笑った。

「なんか、聞いてたより弱そうね」

「なんかつまんない」

メデューサとマリアも、素でルファーをバカにする。

「舐めやがって！」

ルファーは闇雲(やみくも)にガイに突進する。

「はええ！」

横っ面を殴られると、ガイの頭部は粉砕した。

「あら強いじゃない！」

「楽しそう！」

感激するメデューサとマリアの腹にも、ルファーの拳が叩き込まれる。

その威力は、容易くメデューサとマリアの腹に大穴を開けた。

「ガハハ！　こいつはつええ！　勝てねえかもな！」

しかしガイは、頭を吹っ飛ばされたのに立ち上がる。

魔王であるガイは不老不死である。頭が無くなっても死なない。ただ、殴られた横面は瘴気がこびりついているため再生しなかった。

「死んじゃうかもね」

「マリアはもう死んでるから大丈夫！」

メデューサとマリアは、腹に穴が開いているのに笑っていた。

「お前ら……狂ってるのか」

ルファーは全く怯まない三人に怖気づき、後ずさる。

「ガハハ！　狂ってるも何も、俺たちゃ戦うことしかできねえ能無しよ！」

「それが私たち魔軍よ」

「戦うことでしか麗夜様に恩返しできないロクで無し！」

「自覚してるなら、ちょっとは反省しろよ」

朱雀は吐き出す煙とともに、自慢げに威張る三人に突っ込んだ。

「ちくしょう！　まずはてめえらから殺してやる！」

ルファーは雄たけびを上げる。

「先手必勝、石化の魔眼」

メデューサの瞳が赤く光ると、ルファーの手足が石になった。

「何！」

身動きできなくなったルファーに次なる攻撃が入る。

「腐食の魔眼！　ドロドロになっちゃえ！」

マリアの瞳が灰色に光ると、ルファーの体が腐っていく。

「がぁあああ！」

最後はガイの鉄槌だ。

「こいつを食らっとけ！」

腐食、石化によって体がもろくなったルファーは、ガイの一撃でバラバラになった。

「魔軍は勝つためなら、なんでもやるのよ」

「袋叩きは趣味じゃねえんだがな」

「ざまあみろ！　参ったか！」

三人はボロボロの体で勝どきを上げた。

「魔軍ってこんなに強かったっけ」

フランは言いながら、バラバラに砕かれたルファーの残骸に手を合わせる。

「麗夜のおかげさ」

朱雀はゆったりとキセルを楽しんだ。

「許さねえ……」

しかし、ルファーのバラバラになった体が、見る見る再生する！

「しつこい奴だ」

舌打ちする朱雀。

「あれで死なねえのか」

「面倒ね」

「なんかムカつく」

体力を消耗したガイ、メデューサ、マリアは、真顔になって距離を取った。

「殺してやる……殺してやる！」

ルファーが目を見開く。

「退いて退いて！」

そこにハクちゃんが現れ、車のようにルファーを撥(は)ね飛ばした。

「待たんかこのバカ娘！」

続いてハクちゃんを追って、ギンちゃんが現れる。

「邪魔じゃ退け！」

ギンちゃんは進行方向に居るルファーの顔面に、裏拳を叩き込んで弾き飛ばす。

「きゃははは！」

「鬼ごっこしとるんじゃないんだぞぉおおお！」

二人はルファーを滅茶苦茶にするだけして、どこかへ行ってしまった。

「ゆ、許さねえ」

ルファーはフラフラになりながら立ち上がる。

「もうやめようよ」

フランはルファーが気の毒になってきた。

だが、こけにされまくったルファーの耳には届かない。

「全員殺してやる！」

ルファーは上空に飛び上がると、直径三十メートルほどの瘴気の塊を作り出した。

「ヤバい。怒らせすぎた！」

朱雀はキセルの火を消して、白い炎の塊を作り出す。

「これはヤバいね」

フランは黒い瘴気を手に集めて、受け止める準備をする。

「こりゃ俺たち死んだな」

「短い命だったわね」

「悔(く)い無し！」

ガイたち三人は腕組みをして、死を受け止める。

「この世界ごと消えてしまえ！」

ルファーは瘴気の塊を地上に放った。

瘴気は変幻自在のエネルギー体である。空気のように軽い質量にすることも、ブラックホールのように、高密度の質量にすることもできる。

ルファーが放った瘴気の塊は、もはやブラックホール級の質量だった。

地表に衝突するまで一分、すでに崩壊は始まっていた。

大地が、雲が、光が瘴気に吸い込まれる。

地割れが起こり、大地が裂ける。

川は枯れ、木々は折れ、粉となって舞い上がる。

「これは想像以上だ！」

フランが皆を守るべく、瘴気を放出して押し返す。

しかし、捨て身とも思えるルファーの無茶な攻撃は、フランの常識を超えていた。

押し返すことはできず、被害を軽減するだけで精いっぱいだ。

ルファーが生み出した瘴気の塊は、ルファー本人ですら制御できないほど強力だった。

誰にも止められない。

「絶対に手を離すなよ！」

朱雀は白い炎の鎖で、皆を地表に繋ぎ止めた。

しかし時間稼ぎに過ぎない。衝突すれば瘴気は弾け、すべてを消滅させる。

「息苦しくなってきたな」

「何も見えなくなってきたわね」

「空気も光も、あれに吸い込まれてる」

ガイたち三人は、白い炎の鎖にしがみ付きながら、冷静に状況を分析していた。

ブラックホール。光すらも吸い込む宇宙空間の落とし穴。

星すらも吸い込む絶望の具現化。生命はもちろん、物質の存在すら許されない最強の天体である。

フランが作り出した緑豊かな世界は、不老不死の魔王以外耐えられない地獄となった。

通常の人間なら、一瞬で米粒まで圧縮される。

しかし潰される前に酸欠で死ぬだろう。光さえない世界に絶望するかもしれない。

「はっはっはっはっは！　これが俺様の力だ！　凄いぞ！　カッコいいぞ！」

ゼラの力を持つルファーは地獄の中でも平気だった。

ブラックホールすらもねじ伏せる、強大なパワーで守られていた。

「みんなみんな死んじまえ！」

狂ったように笑う。

不死身の魔王はたとえ地獄でも不滅である。

しかし肉体を持つ以上、空気が無ければ酸欠で苦しみ、光が無ければ何も見えず、重力が強まれば動けず、潰されれば想像を絶する痛みを味わう。

「ハクちゃんキック！」

そこに、ハクちゃんのドロップキックが炸裂した！

「何だこのクソガキ！」

ルファーは蹴られた後頭部を押さえ、衣服に掴まるハクちゃんを振り落とそうとする。

「お前悪い奴！　すぐにあれやめて！」

ハクちゃんは空を飛ぶルファーが元凶だと判断すると、勇敢にも、瘴気の吸い込む力を逆手に取って空を飛び、ルファーに攻撃した。

「サッサと死ね！」

ルファーは手に噛みつくハクちゃんを叩き落とそうと腕を振り回す。

「この大バカ者が！」

その顔面に、ハクちゃんを追って来たギンちゃんが、飛び膝蹴りを叩き込む！

「がは！」

ルファーは折れた鼻を押さえる。その隙に、ギンちゃんは裸絞めでルファーの首を絞めた。

「お前はどこまで大バカなんじゃ！」

ギンちゃんは首を絞めながら、ルファーの手に噛みつくハクちゃんを叱る。

「だって、こいつ悪い奴だもん！」

「ああもう！　これが終わったら説教じゃ！」

二人は渾身の力でルファーを止める。

「離れろ！」

しかし、ゼラの力でパワーアップしたルファーも負けない。

「うう！　強い！」

「ぐぐ！　放すな！　放すと死ぬぞ！」

二人ともルファーに振り落とされないようにするだけで精いっぱいだ。

「麗夜の奴はどこに居やがるんだ！」

とんでもない惨状に、ふと朱雀が悪態をついた。

「ごめん！　遅れた！」

すると、どこからともなく麗夜の声がした。

途端に、世界に光が戻った。地割れがやんだ。空気が吸えるようになった。

瘴気の塊は地表に当たる寸前でピタリと止まった。

「な、なんだ。何が起きた」

ルファーは我を忘れて呆然となる。

隙だらけだ！

「隙あり！」

上空から現れた麗夜がルファーの頭を踏みつける！

「ぐああああ！」

ルファーは猛烈な勢いで地面に墜落した。

「大丈夫？」

どさくさに紛れてルファーから引きはがした、ハクちゃんとギンちゃんを抱えながら、麗夜は皆に言う。

「麗夜！」

「この大変な時にどこに居たんじゃ！」

二人とも麗夜に抱き付いて喜んだ。

「ははははは……ヒーローは遅れてやって来るって言うし」

言えない！　竜巻で自爆した後、道に迷って右往左往し、でも魔軍とフランならなんとかなるんじゃね？　などと油断し、腹が減ったからと、ティアと魚釣りして昼飯食ってる間に、天変地異が起きたから慌てて来たなどと！

麗夜が誤魔化し笑いをしていると、無害になった瘴気の塊にティアが乗る。

「ふむ……黒しょう油で煮込んだ肉団子みたい。いただきます」

ティアは瘴気の塊をボリボリと食べ始めた。

「なんですと……」

とんでもない光景に一同は釘付けになる。

「けぷ」

ティアは十秒で、瘴気の塊を食べ尽くした。

「ティア。本当に食べちゃったけど大丈夫？」

「大丈夫。夜ごはんは食べられる」

「なら大丈夫そうだ」

麗夜はゼラの力に慣れていないため、瘴気の塊を無害にすることはできても、消滅させることはできなかった。ティアが全部食べてくれたので一安心だ。

「なぜだ……どうしてこうなる！」

打つ手無しとなったルファーは激昂した。

「残念だったなルファー！　俺とティアが居るかぎり、好きにさせないぜ！」

「そうだそうだ！」

麗夜が指を突き付けると、ティアも並んで指さす。

「ぐうううう！」

ルファーは完全敗北を悟り、歯ぎしりした。

「好きにさせないのは良いんだけど、君たちはどこへ行ってたの？」

空気の読めないフランが単刀直入に疑問を口にする。

「フランさん。ヒーローは遅れてやって来るんです」

「ヒーローも何も、最初からここで待ち合わせだったよね？」

「そうですね。だから来ました」

「いや、君たちがここで待ってるはずだから、僕たちは急いで来たんだけど」

「フランさん！　今はそれどころじゃないんです！　集中してください」

焦って早口になる麗夜。

「うーむ。何か誤魔化そうとしているけど、確かにその通りだ」

フランは指を鳴らし、傷ついた魔王たちをゼラの力で癒す。

魔軍は万全の状態に持ち直した。

「形勢逆転だな。降参すれば命だけは助けてやる」

麗夜はルファーに降伏を勧める。

「ふふふ……はっはっはっは！」

しかしルファーは腹を抱えて笑った。

「惨(みじ)めな自分がバカバカしくなったのか？　結構。自覚したら後は這い上がるだけ。一人じゃ大変だろうけど、俺は手を貸さないから頑張ってくれ」

「惨め？　まさか。俺様は幸福さ。恵まれている」

「そうだろうね。エンジェル家の当主だから。でもこれからは落ちる一方だ」

「忘れたのか。俺様にはゼラがついている！」

麗夜たちの間に緊張が走る。

「女の子に助けを求めるのか？　情けない奴だ」

「多勢に無勢！　お前たちは卑怯者！　ならば俺様がゼラに助けを求めるのも当然だ！」

「ゼラはお前の味方にはならないぞ」

麗夜が断言する。

「ゼラは俺様の婚約者だ！　婚約者が困っているなら喜んで力を貸す！　それが女の使命だ！」

ルファーの体が蜃気楼のように薄くなった。

「待ちやがれ！」

麗夜は慌てて殴りかかるが、ルファーの体には当たらない。

「俺様を怒らせたことを後悔しやがれ！」

ルファーは捨て台詞を残してワープした。

「さっさと捕まえておけばよかった」

麗夜は悔しそうに己の拳を見つめる。

「ゼラの力を持っている以上、逃がしたのは仕方ないさ」

朱雀は覚悟を決めた表情で深呼吸した。

「ルファーを追いかけるから案内してくれ」

「分かってる」

麗夜にそう答えて、朱雀は不死鳥へ姿を変えた。

「ティアも一緒に来てくれ」

「もちろん！　麗夜守る！」

ティアと一緒に朱雀の背中に乗る麗夜。

「麗夜様。私もご一緒します」

カーミラも朱雀の背中に飛び乗った。

「あそこは危険だぞ」

「私も十万年前に、麗夜様のご家族と一緒に、ゼラと戦いました。盾くらいにはなってみせます」

力強い瞳だった。カーミラは腹をくくっている。

「分かった」

ゴチャゴチャ言い争いをしている暇も無いので、麗夜は同行を許す。

「他の皆はここで待ってて」

「僕は行かなくて良いのか？」

「フランさんも疲れたでしょ。皆と一緒に休んでてください」

麗夜はフランに頷いた。

「そう言ってくれるとありがたい」

フランはゼラと対面することを恐れていた。安堵の表情を浮かべる。

「私は麗夜と一緒に行く！」

ハクちゃんが麗夜の傍に行こうと走り出す。

「ええ加減にせい！」

ギンちゃんは娘を守るために、ハクちゃんの頭に拳骨（げんこつ）を食らわせた。

「きゅう……」

さすがのハクちゃんも、強烈な一撃にノックダウンした。

「気を付けるんじゃぞ」

ギンちゃんは、皆の気持ちを代弁するように、麗夜たち四人に言う。

「夕飯までには帰るよ」

そう言って、麗夜は朱雀の背中を叩いて出発した。

「ルファーはどこに行ったと思う？」

一行は朱雀の背中に腹ばいになって、ルファーを追いかける。

「魔界で唯一雪の降る、永久凍結の山脈だ」

麗夜の問いに朱雀が答えた。

「そこにゼラが封印されているのか？」

「そこから、魔王城の地下深くまで行くことができる」

「ならゼラは、魔王城の地下に居るってことか」

「そういうことだ」

景色が横殴りの雪に変わる。風圧で目も開けられない。

「ルファーはわざわざ山脈にワープしたのか？　直接行けばいいのに」

麗夜は首をかしげた。

「ゼラが封印されている場所は強力な結界の余波でワープできない。ちゃんと入り口から入らないとダメってことだ」

「じゃあ俺たちも、山脈に向かってるのか」

「魔王城の地下深くって言っただろ。魔王城の秘密の扉から行ける」

「そんな扉があるなんて知らなかったぞ」

「言う必要ねえし、俺だって忘れたかったんだよ」

朱雀がうんざりしたように言った。

一行はフラン連邦から出て、地上へ戻ってきた。

太陽が輝いている。大地も緑に覆われている。

まだ天変地異は起きていない。

「もっと飛ばすぜ」

朱雀はいくつものソニックブームを生みながら魔王城へ向かう。

時間にして十分後、麗夜たちは魔王城へ戻った。

「麗夜様！　お帰りなさいませ！」

入り口でダイ君とエメ君が敬礼する。行列ができていて、フラン連邦の妖精や小人が並んでいる。

騎士団は言いつけ通り、避難誘導をしてくれていた。

「ただいま」

麗夜は一言だけ言うと、朱雀に続いて地下への扉を目指す。

「麗夜様、緊急事態ですか」

ダイ君たちは麗夜たちの強張った顔を見て、油断の許されない状況だと悟る。

「ダイ君たちは、皆を魔王城から遠ざけて。理由は後で説明する」

「俺たちも行きます！」

「ダメだ！」

麗夜は立ち止まって、ダイ君を見つめる。

「俺の騎士団なんだろ。命令通り動いてくれ」

ダイ君とエメ君は麗夜の目を見て息を呑む。

「避難が終了しましたら、すぐに向かいます。叱られても行きます」

頑として譲らない二人に、麗夜は苦笑する。

「良いよ。待ってる」

「ありがとうございます」

ダイ君とエメ君は敬礼して誘導へ戻っていった。

「あいつら、良い男になったな」

朱雀は微笑ましく麗夜に笑いかける。

「もう立派な騎士だね」

麗夜も笑い返した。冷えた空気が少しだけ和（やわ）らいだ。

「ここだ」

朱雀は、最奥の袋小路で足を止めた。

「封印したんだから当然だ」

「タダの壁だぞ」

朱雀は空手家のように構え、強烈な正拳突きを繰り出す。

ズン！

魔王城全体が揺れ、壁が砕け、封印されていた階段が現れた。

「寒い！」

ティアが両手で腕をさすった。

封印が解かれた直後、中から突風とともに冷気が噴出（ふんしゅつ）した。それは強烈で、瞬く間に通路全体に霜（しも）を作り出す。

「ゼラは永久凍結によって封印されている。その余波がこっちまで来てるんだ」

「こりゃ開けっ放しにはできないな」

麗夜もカーミラも、ティアと一緒に腕をさすった。

吐く息は瞬時に凍り付き、唇や鼻を凍らせる。

「気休め程度だが、これを着てろ」

朱雀は三人のために炎のローブを作る。

「あ、ありがと」

ティアはローブを着ると、ガチガチと歯を鳴らしながらお礼を言った。

「ここはまだいい。奥へ進めば進むほど寒くなる」

「まだ寒くなるの？」

「下は氷すら凍らせる、絶対零度など下回る氷地獄だ」

「矛盾してる気がする……」

「それくらいゼラは凄いってことさ」

ティアは、朱雀の説明を聞いて頷いた。

「ティア、無理しないでいい。ここで待ってても良いよ」

麗夜はティアの肩に手を置く。

「ティアは麗夜と一緒！　ずっと一緒！　泣き言言っちゃったけどもう言わない！」

ティアはシャキッと背筋を伸ばした。

「良いね」

麗夜が微笑すると、四人は朱雀を先頭に階段を下りた。


一方のルファーは、魔界で唯一雪の降る山脈でうつぶせになっていた。

「なんて吹雪(ふぶき)だ」

秒速十キロという、理解不能なほどの風が吹き荒れる。

台風どころではない。爆風並みの速さである。

「くそ……これじゃ飛べねえ」

このような場所で飛行するのは、今のルファーでも危険だった。

「ちくしょう……寒い」

骨すらも凍り付く寒さ。まるで地獄のようだ。

ゼラの力が無ければ、いくらルファーでも一瞬で凍り付いていただろう。

「入り口はどこだ？」

ルファーは独り言を言いながら進む。黙ってしまうと寝てしまいそうだった。

「真っ白だ」

一面の銀世界。

「くそ……ここはどこだ」

進んでも進んでも、銀世界が続く。

後退しているのか前進しているのかも分からない。遭難状態である。

「ちくしょう……ゼラの奴、手間かけさせやがって」

ほふく前進で芋虫のように進む。立つと飛ばされる危険があった。

「ゼラの奴、美人なんだろうな。もしも不細工だったらぶっ殺してやる」

鼻の穴や目に雪が入り、息もしづらかった。

「これが終わったらベッドだ。犯しぬいてやる。そして跪かせる。俺様への感謝の言葉を数万回、復唱させてやる」

下種な欲望と怒りでなんとか手足を動かすルファー。

「ああ！」

いきなり地面が揺れた。そして雪崩に巻き込まれた。

吹雪の音で、雪崩の予兆に気づかなかったのだ。

「くそ！」

ルファーは雪に埋もれた。三半規管が乱れ、上下が分からない。

「なんで俺がこんな目に遭うんだ！」

ルファーはがむしゃらに雪を掘る。上か下かなんて関係ない。

「くそ、くそくそくそくそくそくそくそぉおおおおお！」

雪の下は岩よりも硬い氷となっていた。無理に進めば爪が割れる。

「殺してやる！　殺してやる！」

それでもルファーは進む。

ひとえに、自分よりもゼラに愛されている麗夜を殺すために。

そんな執念が奇跡を呼んだ。掘り進んだ先は極寒の洞窟（どうくつ）だった。

「ここだ！」

肌をも切り裂く氷柱で覆われた洞窟。

「やったぞ！」

ルファーは不用心に氷柱を掴んだ。

ボキンと鈍い音とともに、凍り付いた指が根元からもげた。

「あああああ！」

凍り付いた神経は痛みを通さない。しかし指を失った感覚は分かる。

「なんで俺がこんな目に……」

ルファーはグスグスと涙を流しながらも前に進んだ。

下へ下へ、まだ下へ。いくら足を動かしても終わりが見えない。

氷柱はそれ自体が輝いて、薄暗く洞窟を照らしていた。

地獄へ続いているかのような光景が続く。

息を吸えば肺も凍る。冷え切った血液は心臓の鼓動を弱める。

どれくらい歩いたのか？

一分か、一時間か、一日か。凍結地獄の中ではそれすらも判断できない。

意識が薄れる。倒れ込みたい。眠りたい。それでも足を動かす。

耳が、鼻が、髪が、凍って崩れ落ちる。魔王すら生きられない地獄。

「あ……あ……」

足を動かすと凍った関節がバキバキと鳴る。

体が氷像へと変わっていく。

「あ？」

ルファーは足を止めた。いつの間にか、開けた場所に来ていた。

そこは氷柱など無く、一つだけ、ポツンと氷の塊があった。

「あ！　あ！　あああああ！」

氷の中でも輝く黒い髪、黒曜石で作られたナイフのような鋭い瞳。

血を塗ったような赤々とした唇、思わず見とれる均整の取れた裸体。

神が作り出したような美しさ、悪魔が魂を吹き込んだかのような存在！

「ゼラ！」

ルファーはついにゼラの元にたどり着いた。

「想像以上の美しさだ……」

ルファーは痛む体も忘れて、ゼラを閉じ込める氷塊に触れた。

「温かい？」

不思議な感覚だった。

周囲の気温は絶対零度を下回る。けれど氷塊は温かい。

まるで今にも、ひな鳥が生まれる卵を触っているようだった。

「生きている」

ルファーはゼラに目を奪われながら、指先が欠けた拳を振り上げる。

「待て！」

そこに遅れて麗夜たちが登場した。全員分厚い防寒着を着込んでいる。

「遅れたか！」

朱雀はルファーの姿を見て舌打ちした。

麗夜たちはがむしゃらに進んだルファーと違い、寒さで体が傷つかないように慎重に進んだ。

おかげで傷だらけのルファーと違って、凍傷の一つも負っていない。

しかしそのせいで、ルファーに後れを取ってしまった。

「ついにゼラが復活する」

ルファーは勝ち誇ったように言う。

「俺たちがそんなことさせると思うのか？」

麗夜とルファーは睨み合いになった。

「俺様がこの氷塊を叩くだけ。それだけでゼラは復活する。いくらお前たちが速くても止められない」

「バカな。そんな簡単なことで封印が解けるのか！」

麗夜は耳を疑った。

「この氷塊は、ゼラの力を抑えるだけで精いっぱい。はちきれる寸前の風船だ。そこにちょいと悪戯したらどうなると思う」

ルファーは凍り付いた唇で笑う。

「本当か、朱雀」

「残念だがあいつの言う通りだ。あの封印は、ゼラの力を全力で抑えている。ちょっとでも刺激したら限界に達して、ゼラが復活する」

麗夜はルファーの言葉が真実と分かると、苦い物を噛みしめるように歯を食いしばった。

「新庄麗夜。今すぐ俺様に跪け。そうすれば命だけは助けてやる」

麗夜はルファーの提案に対し、唾を吐く。

「お前が命を取らなくても、ゼラが奪うだろ？」

「その通りだ！」

叫んだルファーが動くと、同時に四人も飛びかかった。

バキン！

ルファーの拳が氷塊に激突する。一歩、間に合わなかった。

……ワンテンポ遅れて異変が起きた。

洞窟内の温度が上がり、氷柱が溶け始める。

「はっはっはっは！　ゼラが復活するぞ」

ルファーは高らかに笑った。

熱風が吹き荒れ氷柱を吹き飛ばす。洞窟内が揺れて落石が降り注ぐ。

「あっつううううい！」

あまりの熱さにティアは防寒着を脱ぎ捨てた。

「こりゃ大変だ！」

麗夜は身を屈め、熱風に吹き飛ばされないように耐える。

「麗夜！　こっちへ来るんだ！」

「ティア様もこちらへ！」

朱雀とカーミラは、ティアと麗夜を岩陰まで引っ張って身を隠す。

「凄い！　さすが俺様の女だ！」

ルファーは壁に飛ばされ、頭を打ち付けたのに構わず狂喜乱舞する。

ビキリ！

氷塊にヒビが入った。

「封印が解ける！」

朱雀とカーミラが身を挺して、麗夜とティアの盾になった直後、氷塊は砕け、魔界全土が揺れるほどの大爆発を起こした。


「……悪運が強いな」

麗夜は落盤による岩石を押しのけて立ち上がった。

「二人とも大丈夫？」

ティアは、立ち上がれない朱雀とカーミラの頭を撫でて、安否を確認する。

「ああ、生きてるな」

「なんとか大丈夫です」

二人はよろよろと、おぼつかない足取りで立ち上がった。

「ゼラ……」

ルファーの声に四人が反応する。

しぶとく生きていたルファーは、洞窟の中央で、ゼラの前に立っていた。

十万年前に、世界を恐怖と絶望のどん底に叩き落とした初代魔王。

「十万年ぶりの空気だ」

氷塊に閉じ込められていたゼラは、十万年ぶりに息をする。

それだけの仕草なのに、ゼラは神々しさと禍々しさに満ちていた。

「でも……息ができるだけじゃ足りない」

ゼラは瞬(まばた)きをして周囲を見渡す。それだけでティアと朱雀、カーミラに緊張が走る。

「あいつ……強い」

ティアは何があっても良いように身構えた。

「麗夜様とティア様はお逃げください。私たちが時間を稼ぎます」

カーミラは血刀を構え、朱雀は白い炎を身にまとう。

張りつめた空気の中、ルファーがゼラに歩み寄る。

「ゼラ……」

ルファーはゼラに手を差し伸べた。

「……おお！」

ゼラが涙を輝かせて歓喜する。

「ゼラ、こっちへ来い」

ルファーは手を広げて歩む。

「この時を待っていた」

ゼラは裸のまま両手を広げて走る。

「ゼラ！　俺様のゼラ！　おいで！」

ルファーも両手を広げ、駆け出した。

「――麗夜！　会いたかったぞ！」

しかしゼラ！　ここでルファーを華麗にスルーし、後ろに居る麗夜にダイブ！

「ゼラ！　やめろ！」

麗夜は裸のゼラに抱き付かれて悲鳴を上げた。

「この時をどれほど待ったか！」

ゼラがスリスリと、全身で麗夜にすり寄る。

「服着ろ服！　恥ずかしいだろ！」

「麗夜なら全然恥ずかしくないぞ！　むしろもっと見てくれ！」

全身で麗夜に愛情表現をするゼラと、それに困惑する麗夜。

いちゃついているようにしか見えない。

ティアと朱雀とカーミラは、あんぐりと口を開ける。

「な、なんで……？」

ルファーは両手を広げたまま固まっていた。

第五章　ゼラに振り回される麗夜

「大好きだ！　大好きだぞ麗夜！」

「放せ！　俺にはティアが居るんだ！」

薄々こうなるんじゃないかと思ってたけど、やっぱりこうなった！

いや嬉しいよ？　ゼラは美人だし、これなら世界は平和で俺たちも戦わなくて済む。

でも俺にはティアが居るんだ！　恋人の前でこんなことしてたら俺は最低男だぞ！

「ティア？　知らないな。麗夜には私が居るじゃないか」

ゼラは無垢な顔で首をかしげた。

可愛らしい顔なのに、とんでもない力で抱き付いている。引きはがそうとしてもビクともしない。

「お前は知らなくても、俺はよく知ってるんだ。そしてこの状況は滅茶苦茶不味い！」

「どうして不味いんだ？」

「浮気だと勘違いされる！」

「浮気！　なるほど。確かに麗夜はモテるからな。だが私は浮気の一つや二つで、ぐちゃぐちゃ言うほど心の狭い女ではない！　それに封印されていたし、麗夜も寂しかったんだろう」

「なんでお前が正妻みたいな前提で話を進めるんだ」

さすが初代魔王。魔軍の魔王と同じく話を聞かない奴だ。

「麗夜はティアの物！」

今度はティアが真後ろから抱き付いてきた。

美少女に前後挟まれる。普通だったら嬉しいけど、今はそんな場合ではない。

「なんだお前は！」

ゼラは俺の肩に顎を乗せて驚く。

気づいてなかったのか……どんだけ周りが見えてないんだ。

「ティアは麗夜のお嫁さんなの！」

ティアは俺に抱き付きながらゼラを睨む。

おでことおでこがくっつくくらい近いから、喧嘩を売っているとしか思えない。

「お前が麗夜の浮気相手か！」

君って本当に、自己中心的で思い込みが激しいね。

「ティアが麗夜のお嫁さんなの！　そうだよね麗夜！」

「もちろんだ」

俺は迷わず断言する。

「ほらね！」

ティアはムムッと、ゼラの鼻に自分の鼻をくっつけた。

「まさか……私が封印されている間に、寂しさから別の女に心変わりしていたとは」

都合が良くて、前向きなショックの受け方だな。

「だが心配するな！　すぐに私の方が良い女だと思い出す！」

なんだか印象が違う。

前に会った時はもうちょっと落ち着いてたのに、今は人に迷惑かけっぱなしのダメな子だ。

「ゼラ、嬉しいのは分かった。だから今は落ち着こう」

ゼラは封印が解けたことで舞い上がっているんだろう。

そう考えると、ハイテンションなことも説明がつく。

「落ち着いていられるか！」

くんくんと子犬みたいに俺の匂いを嗅ぐゼラ。参ったな……。

「うにゅ～麗夜の匂いもティアの物なの～」

ティアもくんくんと匂いを嗅ぐ。仲良いな。

「とにかく離れてくれ」

「寂しいことを言うな」

ゼラは幸せそうだった。

ここは勇気を出して、きつく言うしかないな。

「言うこと聞かないと嫌いになるぞ」

「え」

ゼラの力が弱まる。

「話を聞かない女の子は嫌いだ」

効果があったため、俺は目を見て続ける。

「嬉しいのは分かるけど落ち着いて」

「うう……」

ゼラは力なく、俺の首にかけていた腕を解(ほど)いた。

「ごめんなさい……だから嫌いにならないで」

効果てきめんだ。先ほどと違ってしおらしくなっている。

「ごめんなさい……ごめんなさい……」

ゼラは両手で顔を覆って泣き出した。

効果がありすぎる。こっちが悪いみたいだ。

「泣かないで。麗夜はゼラのこと嫌いにならないから」

ティアはゼラが大泣きしたことにびっくりして、慰(なぐさ)め出した。

この空気どうしよう。

「いったいどうなってんだ？」

「分からない……」

朱雀とカーミラは、予想だにしないゼラの姿に戸惑っていた。

「上に戻ろう。ここに居ても仕方ない」

今日は疲れた。俺はもう、風呂に入って気持ちを落ち着けたかった。

「ゼラを連れて行くつもりですか？」

カーミラは武器を構えながら、泣きじゃくるゼラに視線を向ける。

「封印する術（すべ）なんて知らないし、戦いになったら俺たち死ぬぞ」

「ですが……」

こそこそと内緒話をする俺とカーミラ。

ゼラが邪悪なら命を懸けて戦うけど、今のところ最強の力を持つ普通の女の子だから、問題ないと感じる。

何より、邪険に扱ったら怒りが爆発してしまう恐れがある。

最強の力を持っているので、タダの癇癪（かんしゃく）も神の怒りになるのだ。

「今は暴れるつもりはないみたいだし、話し合いで解決できるかもしれない」

「しかし危険です」

「放っておいても危険だろ。説得できるなら、できる時に説得しなくちゃ」

「うう……」

カーミラはゼラを憎らしげに睨んだ。

「今は麗夜の言うこと聞いてるから大丈夫だろ。つか、俺たちじゃどうにもできねえ」

朱雀は憔悴（しょうすい）した様子でカーミラに言った。

ゼラの力を知る二人は、自分たちが何を言っても無駄だと理解している。

「まずは話し合う。そのためにも、魔王城でゼラに落ち着いてもらおう」

「もう任せる。俺たちじゃ役に立てねえ」

朱雀はお手上げだった。

「待てやお前ら！」

そこで、誰かが空気を読まずに大声を上げた。

「ルファー……」

そう言えば居たね。すっかり忘れてた。

「ゼラ！　てめえは俺の婚約者だろ！　なんでそいつに抱き付いてんだ！」

あんなにボロボロなのに、よく大声が出せるな。頭に血が上っているようだ。

愛していた女が別の男に夢中だった。

怒るのも当然か？　ストーカーと同じ理論だけど。

「誰だお前」

ゼラが腫れた目で酷いことを言った。お前が力を与えた男だろ。

「誰だだと！」

結果は火を見るよりも明らか。ルファーは激怒する。

「一月前に、俺に力を与えただろ！」

「ん？」

ゼラは首をひねる。

「ああ。私の封印を解くように命令したな」

ようやく思い出したようだ。

「ご苦労。もう消えて良いぞ」

ゼラは心底どうでも良さそうに、虫を払うようにシッシと手を払った。

酷い扱いだ……ルファーが可哀そうになる。嫌いだから何も言う気はないけど。

「ご、ごご、ご苦労だと！　消えて良いだと！」

怒髪冠(どはつかんむり)を衝(つ)く、とはこのことだ。

「俺様を利用したのか？」

「利用も何も、私は命令しただけだ」

ゼラの口調が荒々しくなる。苛立(いらだ)ち始めたようだ。

「俺様はお前のために頑張ったんだぞ！」

「エンジェル家は私の小間(こま)使いだ。ならば、お前が私に奉仕するのも当然だ。私のために頑張ったなど、何を当たり前のことを言っている？」

ゼラは傲慢な神様みたいな価値観してるな。見た目は美少女だけど、十万年前に世界を恐怖のどん底に叩き落とした魔王なだけある。

「このくそ女が！」

ルファーは一人相撲を取っていたことに気づいたようだ。

ただ、これは勝手に勘違いしたルファーが悪いし、そもそもゼラを助けるためとはいえ、俺たちを殺して良い訳がない。

勘違い野郎の八つ当たりだ。救いようがない。

「全員ぶっ殺してやる！」

ルファーは顔を真っ赤にして突撃してきた。

「屑が。麗夜を巻き込むつもりか」

ゼラの表情が悪鬼（あっき）へと変わった途端！　心臓の鼓動が速くなる。

全身が、針金を巻かれたように硬くなる。生物が共通して感じる、凄まじい恐怖で息が荒くなる。

「うにゅ！」

「これは！」

「やっぱり衰えてねえな！」

ゼラの殺気でティア、カーミラ、朱雀も動けなくなったようだ。

俺も顔から冷や汗が滴（したた）り、悪寒が止まらない。

「あ！　あ！」

喧嘩を売ったルファーは、ゼラに殺気を向けられて白髪になっていた。まるで早送りのように歳を取っていく。

「怒り。憎悪（ぞうお）。久しぶりに湧き上がる」

ゼラは冷酷な笑みでルファーに近づいた。

「とても不快だ。だが、それを発散した時の気持ちは――」

ニタリと獲物を嬲（なぶ）る獣のように笑う。

「とても心地よい」

ルファーの眉間に人差し指を置くゼラ。

「何をするつもりだ！」

ルファーは命のカウントダウンが始まっていることを悟り、必死に抗（あらが）おうとする。

「何々。お前はとても頑張ったようだからな」

黒い瘴気がゼラの人差し指からルファーの額へ流れ込んだ。

「おお！」

ルファーの目に生気が戻る。

「凄い！　力が漲（みなぎ）ってくる！」

ルファーの表情が怯えから恍惚へと変わった。

ゼラは何をするつもりだ？　力を与えたらルファーは反撃してくる。話し合いとか通じる奴じゃない。

「もっともっと受け取るがいい」

ゼラは口が裂けるかと思うほどの笑みを浮かべた。

綺麗な悪魔だ。恐ろしいのに心を奪われる。

「おおおお！　力が溢れる！」

ドクンドクンドクン！　ルファーの鼓動が洞窟に響く。

同時にルファーの体が膨らみ始めた。

「すすす凄すぎる！　おおおお俺様はささささ最強のそそそそ存在だだだだだだ！」

ビシビシとルファーの皮膚が裂けていく。

「おごごごごごごごごごごごごご！　おおええ！　おおお（もういいやめろ）！」

血が噴水のように噴き出す。

「はははは！　もっと欲しいだろ！　遠慮するな！」

ゼラは今にも破裂しそうなルファーを、残酷な子供のように弄んだ。

「ぐげげげぇえええええええええ！　ぐごごごご（助けてくれ）！」

ブチ！　ボン！

ルファーの体から鈍い音が出で、体中の臓器が破裂していく。

「ふはははは！　良い声だ！　少しずつ好きになってきたぞ！」

ゼラの笑い声で洞窟が崩れていく。

「おおおおおおおおおおおお（ダメだ、もう抑えきれない）！」

ボン！

ルファーの体は跡形もなく爆散した。

「スッキリした……」

ゼラは血と肉のシャワーを、まるで清らかな冷水のように浴びた。

「やはりお前は危険だ！　ここで殺す！」

朱雀とカーミラが剣を向ける。

「跪け」

だがゼラの一言で跪いてしまう。強い上にチートスキル持ち。シャレにならない。

「くそ！」

「昔と同じ！　魔王の絶対命令！」

二人は悔しそうにゼラを睨む。

「一言言っておく。私は麗夜が好きだ。だから麗夜の不利益になることは一切しない」

ゼラは冷たい目で、朱雀とカーミラを見下ろす。

「確かに私は、殺戮と破壊が好きだ。悪の権化だ。だからこそ封印された。しかし今はそれよりも、麗夜への愛を優先する。あの男は、麗夜を殺そうとしたから殺した。楽しんだのは確かだが、真の動機はそれだ。よく理解しろ」

ゼラが言い終えると、二人は動けるようになった。

「麗夜。私はお前を愛している。この気持ちだけは信じて欲しい」

ゼラは再び泣きそうな顔になった。

表情がコロコロ変わる。魔王の血と普通の女の子の間で、心が揺れ動いている。

ゼラは俺の兄たちと戦い、殺してしまった。ゼラはそれを悔いている。

だから必死に、冷酷な魔王の血を抑え込んでいる。普通の女の子になろうとしている。

「気持ちは分かった。だからいい加減に服を着ろ。あと次から加減しろ。洞窟が崩壊するぞ」

ルファーの爆発で、洞窟はガラガラと崩れ落ちている。

冷酷でも残酷でも軽薄でも怒りっぽくても良いんだけど、加減は覚えて欲しい。そうしないと世界が持たない。

「いやん！　麗夜のエッチ！」

白々しく恥じらうゼラ。

普通の女の子になりたいんだったら、まずは反省してくれ。

「麗夜を殺そうとしたから殺した。ならゼラは良いことをした」

一方、ティアは納得したように頷いた。

「さっさと逃げるぞ」

ゼラは危険だ。だけど俺への思いは本物だ。疑う余地はない。

それに先ほどのルファーの殺し方。

「ざまぁみろ、だ」

不覚にもスッキリしてしまった。おかげで責められない。

何より、最強の魔王が味方になった。

これほど心強いことは無い！


魔王城に戻った俺たちは、さっそくゼラをもてなす。

まずは美味しい物、特に甘い物を食べてもらう！

「おお！　初めて食べたが美味しいな！」

ゼラは魔王城の大食堂でバニラアイスを口にすると、甲高い声を上げた。

それを見て、お菓子作りの名人であるマリアちゃんが満面の笑みになる。

「いっぱい食べて良いよ」

「そうかそうか」

チョコレート、アイス、ケーキ、シュークリーム、羊羹にきな粉餅などこれでもかと食べる。

「十万年前はお菓子など興味なかったが、封印から解放された後だと、たくさん食べたいと思う」

ゼラは手を休めると、隣に座っている俺に微笑んだ。

「落ち着いた？」

「ちょっとは」

ゼラはスプーンを咥えて、プラプラと不貞腐れたように上下させる。

「どうしても私と結婚できないのか」

「先約が居るから」

ずっと抱き付いているティアの頭を撫でた。

「ふふふふ……麗夜大好き」

ティアは夢心地のような、蕩けた声で微笑する。この笑みを裏切ることはできない。

「私はお前を諦めるなんてできない」

デザートの皿を脇に退けて机に突っ伏すゼラ。そして拗ねた上目遣いを向けてきた。

「そう言われてもな……」

俺は困ってしまった。

「私は十万年も氷の中に居たんだぞ。可哀そうだろ」

「まあ可哀そうだけど」

「それに深く深く反省している」

「分かってる」

「むやみに人を傷つけないし壊さない」

「それも分かってる」

「麗夜の言うことなら、なんでも聞くぞ」

「それはありがたいけど」

「ならちょっとくらい良いじゃないか」

パタパタと手を伸ばして俺の手を掴む。

「それとも私のことが嫌いか？」

「嫌いじゃないよ」

ゼラは真一文字だった口を緩ませて、俺の手をさすり始める。振りほどくと可哀そうなので好きにさせる。

「ふむ……」

やがて体を起こすと、ゼラは考えごとをするように遠い目をする。そして大声で言った。

「決めた！　私は麗夜に尽くす！　そうして振り向いてもらうぞ！」

パシンと自分の頬っぺたを叩いて気合を入れる。

立ち直ってくれたようで嬉しいが……諦めてくれないのか。

「俺が無理だと言っても諦めないのか」

「私は我儘だからな」

ゼラは吹っ切れたようにスッキリした顔をしていた。

「それに私はこう見えても強い。必ず役に立てる。そうすれば私を見直すさ」

自信満々だ。

「むむむ」

ティアは体を起こすと、ゼラをじっと見る。

「麗夜はティアの物」

「それを決めるのは麗夜だ。私たちの決めることじゃない」

パチパチッと火花が散った。

「喧嘩しないでくれよ」

「しないさ」

ゼラは不敵に微笑み、ティアはそれに応じる。

「ティアは負けない」

「私も負ける気はない」

お互い引かないな。まあティアが引いたら俺が悲しいから、引かなくて良いんだけど。

とにかく今は、場が収まったことに胸を撫で下ろそう。二人の気持ちは、俺がどうにかできるものでも無いし。

「それにしても、私が居ない間にずい分と様変わりしたな」

ゼラは脇に置いたプリンを引き寄せながら、大食堂を見渡す。

「綺麗な絨毯に家具。これは麗夜の好みか」

「そうだ」

「趣味が良いな。やはり一馬と似ている」

ゆっくりとプリンにスプーンをさして、つるんと口に入れる。

「とても美味しいな」

ゼラは隣に座るマリアちゃんの頭を撫でた。

「えへへ」

マリアちゃんはすっかりゼラに懐いていた。

「ところで、ゼラはなんでセーラー服を着てるんだ?」

さっきから、ゼラの服装が気になって仕方なかった。

ゼラは日本の女子高生みたいな服を着ていた。この世界に似つかわしくない。

「これだとカップルみたいだろ」

嬉しそうに笑う。でも俺は良く分からない。

「カップル?」

「麗夜の兄と出会った時、一目惚れした。だから気を引くために、この服を着るようになった」

「そう言えば、寝室にゼラと兄の肖像画があったな」

父と母の肖像画も隣の部屋にあった。

「あれは私が描いたものだ」

「ゼラが？」

「一馬たちの気を引くためさ」

寂しげな目をして呟く。

「どうして、描いたら気が引けると思ったの？」

かなり失礼な質問にも思えるが、身内のことだし、ゼラのことはよく知っておきたいので思い切って聞いてみた。

「丁寧に描けば、私が真剣だと分かってくれると思った」

「肖像画が飾ってあった部屋はどうしてあんな飾りつけを？」

「麗夜の家族が快適に暮らせるように作った。ああしておけば、私を愛してくれると思った」

物思いに耽(ふけ)るようにため息をつく。

「すべては無駄だったが」

力のない呟きだった。でもそれで、ゼラが本当に俺の家族を愛してくれていたと分かった。

結果は散々、でも想いは本物だ。

この気持ちは素直に信じよう。

「でも今は麗夜の方が好きだぞ！　それは忘れないでくれ！」

ゼラはハッとした様子で早口になった。

「なんで慌ててるの」

むしろ、家族を大切に思ってくれていると分かって嬉しい。

「あんた、十万年前に大暴れしたんだってな」

突然、近くに座っていたガイが、ワクワクした表情で横やりを入れてきた。

「昔の話だ。今はただの女だ」

ゼラはデザートを食べる。ガイを見ることはない。興味無いのかな？

「昔でもすげえよ！」

ガイの目が輝いている。

「一回だけ俺と戦ってくれねえか！」

「ほう！」

ゼラは途端に興味津々といった感じで、食べるのをやめてガイに顔を向けた。

戦い好きなのかな。さすが初代魔王だ。

「良いのか？　私はこう見えても強いぞ」

「だからこそ良いんだ！」

ガイは両手を握りしめる。

「あんたは強い。昔の俺だったらビビッて動けなかった。でも今は違う。体の奥から力が溢れてくる！　戦いたくてうずうずしてる」

まるで遊び相手ができたような喜び方だ。

「面白い奴だ。気に入った」

楽しそうな顔で俺を見る。

「良いよ。外で暴れてくれれば」

ゼラは目をキラキラさせて、ガイに向き直った。

「許可も出たし、遊んであげよう」

「胸を借りるつもりでやらしてもらうぜ」

ゼラとガイは肩を並べて大食堂を出る。

「私も腕試ししてみようかしら」

それに続くように、血の気の多いメデューサも出ていった。

「意外と皆ゼラのこと好きだね」

ティアはゼラの残したデザートに手を伸ばす。

「ガイたちは、十万年前にゼラと殺し合ったこと無いし、戦うのが好きだし、何より魔界は弱肉強食。強い奴が偉いって価値観だから、ゼラのこと尊敬できるんだろ」

言いながら、部屋で休んでいる朱雀たちを思う。

「朱雀たちは複雑そうだがな」

「難しいね」

俺もショコラをもらう。

「色々とややこしい事態になったけど、ひとまず目的は達成だ」

ゼラの参戦は予定外だが、戦力強化という意味ではよい。戦力が過剰すぎるから、むやみに使えないけど。

それよりも、本来の目的であるフランさんとの和平が成立したのが大きい。

これで背後に気を配る必要も無くなった。思う存分に前を向ける。

「いよいよ人間の国へ、和平交渉しに行くの？」

ティアがモンブランを口元に持ってきたので食べる。

「その前に亜人の国へ行こう」

「およ？」

「魔界が平和になったってことを知らせに行く。そして改めて平和条約を結ぶ」

「平和条約？　亜人の国はティアたちの味方だよ？」

「人間と和平交渉が失敗したら、再び戦争になる。その時向こうは亜人の国に味方になれって圧力をかけてくる」

「おお……人間はズルい」

ティアはしかめっ面で羊羹を食べた。

「戦争の常套手段だからね」

俺はティアに、お返しとショコラをあげる。

魔軍と人間との和平は、失敗する確率の方が高い。そして失敗すれば、必ず亜人の国にも影響が出る。

その点もラルク王子に伝えておく必要がある。

「家族亭はどうなってるんだろ？」

ティアはむにゅむにゅと、ショコラを食べながら呟いた。

「ついでに皆も連れて、家族亭の様子を見てこようか」

平和条約などと物々しい言い方をしたが、結局はいつも通り、仲良くしましょうってだけの話だ。

ラルク王子なら快く了承してくれるだろう。

だったら肩肘張る必要もない。むしろ亜人の国に遊びに行く感覚でいい。

「おお！　皆喜ぶ！」

ティアは心底嬉しそうに言うと、もう一口、今度は大きく口を開けて、俺が差し出したショコラを食べた。

「ついでだから一週間くらいあっちで休もうか」

「うん！　ハクちゃんもギンちゃんも喜ぶ！」

「ダイ君たちも連れて行こう」

俺たちの家族亭はどうなっているかな？　エルフのエミリアさんはどんな風に仕事をしているんだろう？　ギルド長のオーリさんは家族亭を盛り上げているだろうか？　あと、ラルク王子には小説の件で文句を言わないと。

考えると胸が高鳴ってきた。

「私も行くぞ！」

突然ゼラがやって来て言った。

「ガイたちと遊んでたんじゃないのか？」

「全員叩きのめしてきた」

早すぎる。十分も経ってないぞ。

「どうして亜人の国に行きたいんだ？」

「私は麗夜が好きなだけだ。たとえ地の果て、空の彼方でも付いていくぞ！」

こりゃ聞かないな。

「良いよ。ただし面倒は起こさないように」

「もちろんだ」

笑いながら俺の隣に座って、腕に絡みつくゼラ。

「むむ」

ティアがそれを見て不機嫌になる。しかしゼラは余裕の笑みだ。

「これくらいなら良いだろ」

「麗夜はティアの物！」

「独占欲が強い女は嫌われると聞くぞ」

「え」

ゼラの言い返しにティアは動きを止めた。

「そうなの？」

ティアは不安げにゼラに問う。

「そうだぞ。そして私は良い女だ。麗夜を独占しようとは思っていない」

ゼラの流し目が俺に向けられた。

「私を一番に愛してくれるなら、他の女に手を出しても文句は言わない。ただし、私が許可した女だけだが」

勘弁してくれよ。

「ううむ……」

ティアは、ゼラの言葉がよほどショックだったのか、狼狽（うろた）えている。

「私は、ティアなら特別に許すぞ。ほら、私は独占していない」

ゼラは良く分からない理論でティアを説き伏せようとする。

「独占……」

どうしてティアはここまでショックを受けているのだろうか？

「確かに……独占欲が強いとうざいって小説に書いてあった」

あ……小説の情報を鵜呑みにしているのか。

「俺はティアを、うっとうしいなんて思ったこと無いよ」

俺は慌てて、浮かない顔をするティアを励ました。

「でも確かにティアは麗夜を独占したい。それに麗夜は優しいし……」

ティアはブツブツと考えている。

「分かった。もうゼラに何も言わない」

ティアは力強く俺に抱き付いた。

「でも麗夜はずっとティアが好き。ティアが頑張るから」

「ライバルという訳か」

ゼラは天を見上げるように笑った。

「これから先どうなることやら」

とりあえず俺は、落ち着くためにコーヒーを飲む。

「ところで、私はどこに寝れば良いんだ？」

ゼラが顔を近づけてきた。

そういえば、考えていなかった。

「客室とかどうだ？」

「客室？　ここは元々私の城だぞ。それなのに客扱いなのか？」

確かに、一理あるな。

「でも、寝室は俺たちが使ってるしな」

「なら私も寝室で寝よう！」

俺は盛大にコーヒーを噴き出してしまった。

「俺たちと一緒に寝る気か！」

「ここは元々私の城だ。なら、それくらいの我儘は言っていいだろ」

「分かった。俺とティアが部屋を移る。存分に寝室で寝てくれ」

「私が嫌いなのか！」

ゼラの目から涙が流れる。

「私は麗夜に力を与えて、魔界を豊かにしただろう。それなのに嫌いなのか？」

涙には勝てない。

「そんな訳ないだろ！」

「なら良いじゃないか！」

ゼラの涙が止まらない。

え？　俺、ティアとゼラの二人と寝るの？　なんか怖いんだけど。

「うううう！」

ティアは嫌だと言いたいのだろうけど、さっきのゼラの言葉が効いていて、何も言えない。

俺も、何も言えなくなった。

「なら、私とハクと一緒に寝ろ」

ギンちゃんがどこからともなく現れて、助け舟を出してくれた。

「お前と？」

ゼラは涙を流しながらもギンちゃんを睨む。

「私とハクの寝ている部屋も、元はお主の寝室じゃろ」

ギンちゃんは目を逸らさない。真正面からゼラの威圧を受け止めていた。

「あれは元々、麗夜の父と母のために作った部屋だ。私の部屋ではない」

「そうか。でも関係ない。お主は私たちの部屋で一緒に寝るんじゃ」

「私は麗夜と一緒に寝たいんだ」

「ええ加減にせい！」

ギンちゃんの大声でテーブルや椅子が震えた。鼓膜も震えてくらくらする。

「ううう……そんな大声出さなくても良いだろ。私は麗夜と一緒に居たいだけなんだ」

ゼラはボロボロと滝のような涙を流す。

「泣きまねしても無駄じゃ」

ギンちゃんがピシャリと言うと、ゼラの涙が止まった。

「……私は泣いているぞ。嘘じゃない」

ゼラが視線を逸らした。

「娘の得意技じゃからな。嫌というほど見とる」

ギンちゃんはゼラを睨む。

「……私は麗夜が好きなだけだ」

「麗夜が良いと言っておらん。ならば我慢せい」

「ここは私の城だ」

「今は麗夜の城じゃ。ならば麗夜の言うことを聞くのが筋じゃ」

ギンちゃんはハクちゃんを叱るように言う。

「うう……」

ゼラはとても気まずそうに目線を泳がせた。

さっきのは本当に泣きまねだったのか。見事だ。もしかして出会った時も泣きまねだった？

「でも、私は麗夜と一緒に寝たい」

「つべこべ言わずにこっちへ来るんじゃ」

ギンちゃんがゼラの腕を引っ張る。

「どこへ連れて行くつもりだ！」

「風呂じゃ。お主、汗臭いぞ」

「私のどこが汗臭い」

「私は銀狼じゃから鼻が利くんじゃ。それに靴も泥だらけじゃ」

ギンちゃんはゼラを引きずっていった。

「ギンちゃん世話焼きだな」

「ゼラはハクちゃんに似てるのかもしれない」

確かに、我儘なところはハクちゃんに似ている。

やはり母親は最強なのかもしれない。

第六章　亜人の国が魔王の国に

次の日、俺は亜人の国へ行くために大食堂で点呼を取っていた。

「メンバーはティア、ギンちゃん、ハクちゃん、ゼラ、朱雀、カーミラ、ドラゴン騎士団とワイバーン騎士団です。全員居るかな？」

「カーミラさんが居ないよ」

ハクちゃんが俺の頭上でメンバーを確認した。

「カーミラは俺の影に隠れてる」

「じゃあ全員居るよ！」

ハクちゃんは身軽にバク宙をした。

完璧な着地だ。十点満点。そして毎度のごとくパンツが見えた。

男の子以上にアグレッシブで元気が溢れてる。明日から短パン穿かせよう。

「さて、亜人の国へ出発する訳だが……」

チラリとゼラを見た。

「ふふふ。さっそく麗夜の役に立てる」

ゼラは右手を上げる。

「ゲートオープン」

空間が歪み、穴ができた。その先に見えるのは、亜人の国にある懐かしき我が家だ。

「どうだ！」

えへんと胸を張るゼラ。

「どうだ！」

ハクちゃんも胸を張った。

「どうしてハクちゃんも威張るの？」

全く関係ないと思うんだけど。

「だって私とハクちゃんは友達だからな」

「ねー」

二人が笑顔を見せ合った。

ハクちゃんは友達を作るのが得意だな。

ゼラとハクちゃんは昨日一緒に寝たから、それで仲良くなったのかもしれない。

ただそれでも、一日でここまで仲良くなれるのは凄いと思う。

「うーむ。ティアにも使えれば……」

ティアは歯がゆそうに、空間の歪みを見つめていた。

「ティアは今日、朝ごはん作ってくれただろ」

「おお！　ならティアも頑張ってる」

気分を持ち直してくれたようだ。

勝ち負けじゃないんだから、気にしなくて良いんだけど。

ただ、ティアは生まれて間もない。まだまだ学ぶことが多いんだろう。

「凄いな……」

「神がかりとはこのことだ」

ドラゴン騎士団とワイバーン騎士団は、まじまじと歪んだ空間を観察していた。

同じ魔王であり、騎士団の一員として、ゼラの強さや能力にはやはり関心が高いようだ。

その証拠に、ガイと同じく全くゼラを恐れていない。

「空を飛ばんから良いが……これはこれで大丈夫なんじゃろな」

ギンちゃんはビクビクと怯えていた。やっぱり怖がりなんだな。お化けとかも苦手？

「さあさあ。出発するぞ」

引率（いんそつ）の先生みたいに手を叩く俺。まるで修学旅行だ。

「いっちばーん！」

真っ先にハクちゃんが歪んだ空間に飛び込んだ。

「待たんか！」

二番目にギンちゃんが入る。

「私も行かせてもらおう」

ゼラはソワソワと落ち着かない様子で向こうへ行った。

封印から解き放たれて初めての旅だ。胸が高鳴っているのかもしれない。

「行くぜ！」

「待て俺が先だ」

ダイ君とエメ君が、好奇心満々な少年のように続いた。

「もう、あの二人は……」

キイちゃんは真面目に、騎士団が全員入ったのを確認してから進んだ。

「朱雀は大丈夫か？」

ぼんやりと歪んだ空間を見る朱雀に聞く。

「大丈夫さ。ただ、ちっと気持ちの整理がついてねえだけだ」

力なくため息をついてから歩を進めた。

「朱雀は慣れないみたいだね」

ティアは、寂しそうな朱雀の背中を気の毒そうに見送った。

「時間が解決するのを待つしか無いな」

どうすりゃいいのか分からない。

ただ、朱雀は強い。心も体も。乗り越えてくれるだろう。

「とにかく行こう」

「うん」

最終確認をしたあと、最後に、俺はティアと一緒にゲートへ飛び込んだ。

「わは！　懐かしい！」

ハクちゃんは亜人の国の自宅に帰ると、ぴょんぴょんと跳ね回った。

「くちゅん！」

そして、盛大にクシャミをした。

「埃だらけじゃな」

ギンちゃんが靴箱に積もる埃を指で撫でた。

「掃除する！」

ギンちゃんとティアはさっそく、割烹着に着替えてマスクを着け、はたきと箒を持つ。

「私たちも掃除へ行ってきます」

キイちゃんたちも、以前暮らしていた訓練所へ戻った。

「私は遊びに行く！」

ハクちゃんは一目散に家を飛び出そうとする。

「させん！」

しかしギンちゃんに捕まった。

「……俺も掃除するか」

俺はバケツに水を汲み、雑巾を濡らして絞る。

「そんなものに水を入れて何をするんだ？」

ゼラがバケツを覗き込んだ。

「埃が積もって汚れてるだろ。皆で綺麗にするんだ」

ゼラに雑巾を渡す。

「これは？」

「ゼラも手伝ってくれ。嫌だったら仕方ないけど」

「その言い方は卑怯だな」

ゼラは苦笑して雑巾を受け取った。

「何をやるのか、全く分からないんだが？」

「掃除したこと無いのか」

「そもそも掃除という言葉を初めて聞いた」

さすが初代魔王。何も言わなくても周りが勝手にやってくれたんだろう。

「俺がこれで床を拭くからさ。ゼラは俺が拭いた後を、もう一度拭いて」

水拭きとから拭きだ。

「どうしてそんなことを？　二度手間じゃないか？」

「その方が汚れが落ちるんだ」

「ほう……不思議だな」

不意にゼラが微笑んだ。

「どうした？」

「私が知らないことがあることに驚いた」

優しい目で雑巾を見つめる。その様子は、恐怖の魔王とは思えない。

「皆で頑張ろう」

「そうだな。頑張らせてもらおう」

微笑むゼラは本当に綺麗だと実感した。

「さっそく床を拭くから、続いて」

俺はクラウチングスタートのような姿勢をとり、雑巾を床に置く。

「こうか」

ゼラも俺を真似た体勢になる。

「ゼラ。ズボンを穿こう」

思った以上にゼラのスカートが短い。

「なぜだ？」

お尻を突き上げたまま眉をひそめるゼラ。

「スカートが捲れてる」

見ないように必死に耐える。

「それがどうした？」

どうしたってあんた……。

「パンツ見えちゃうよ」

「見たければ見て良いぞ」

どうして俺の周りには、羞恥心の欠如した女性が集まるんだ？

「俺が悪かった。まずは掃除用の服に着替えよう」

「ん？」

ゼラは首をかしげるばかりだった。


それからお昼まで掃除した。全く手入れしていないと、ここまで汚れるのかと驚いた。

「お腹空いた……」

くたくたになったハクちゃんが、ソファーに寝転んでお腹をさすっている。

「久々の掃除で疲れたの」

ギンちゃんもハクちゃんの横に座って肩を回す。

魔王城に居る時は、掃除はキイちゃんやカーミラが手伝ってくれたし、毎日していたから汚れも少なく大変では無かった。

今は俺たち五人しか居ない。しかも一月分の汚れだ。

大掃除をやるには人手が足りなかった。

「お昼食べよっか」

ティアがコップに水を入れて、俺たちに配る。

「私はシュークリームと、甘いサイダーが良いな」

ゼラは人差し指にコップを載せて、コマのように回す。水が入っているのに器用なことするな。

「久しぶりに家族亭に行こう」

皆の思い出がたっぷり詰まった家族亭。第二の自宅と言っていい。

「やった！」

ダウンしていたハクちゃんが、寝っ転がった状態からクルリと一回転、ジャンプして立ち上がった。体操選手みたいだ。

「エミリアたちはどうしてるかの」

ギンちゃんも明るい顔で喜ぶ。やっぱり皆に会いたいんだな。

「家族亭とはなんだ？」

唯一家族亭を知らないゼラが尋ねた。なんだか不機嫌そう。

「麗夜とティアとギンちゃんとハクちゃんのお店だよ」

ぷぷぷっと、ティアは意地悪っぽくゼラを笑う。どうした？

「ふん。これからは私の思い出も増えてくる」

ティアから視線を逸らして唇を尖らせたゼラ。

四人で盛り上がっていたから、疎外感（そがいかん）で寂しかったのか。

そして、ティアが何かを自慢する姿なんて初めて見た。それだけゼラを意識しているのか。

まあでも、何だかんだ仲は良い気がする。

初めはどうなるかと思ったが、心配いらなかったかも。

「よし、じゃあ行こう。久々に豆のパスタが食べたい」

「行こう！」

こうして、皆でワイワイと家族亭へ向かった。


「おお！　とてもいい匂いがするな！」

家族亭前のラウンドアバウトに到着すると、ゼラが出店から漂う香ばしい匂いに感激した。

「こりゃまたずい分と様変わりしたの」

「うん！　凄い」

ギンちゃんとティアは、以前と比べ物にならないほど発展した様子に目を丸くした。

「これ頂戴！」

ハクちゃんは俺たちを置いて、焼きそば、焼きとうもろこし、焼き鳥、お菓子などなど、たくさん買っていた。

「そんなに食べきれるの？」

「皆にプレゼントするの！」

ハクちゃんは買い物を済ませると、真っ先に友達が居る孤児院へ走っていった。

「すぐ帰ってくるんじゃぞ」

「分かってる！」

ハクちゃんは背中でギンちゃんに返事をすると、すぐに見えなくなった。

「ギンちゃんは付いていかなくていいの？」

いつもいつも、ハクちゃんのお守に大変なギンちゃんに尋ねる。

「ここは平和じゃから、放っておいても大丈夫じゃろ」

ギンちゃんはため息をついて微笑む。

「それに、私が居たら友達と思いっきり遊べん」

娘思いだなぁ。

「皆は一通り見て回りたい？」

出店に興味津々なティアたちに聞く。

「ううん！　早くお店入ろ！」

「家族亭が一番気になるからな」

ティアとギンちゃんはさっそく家族亭へ歩を進めた。

「つまらん」

一方、ゼラはまた唇を尖らせる。

「どうした？」

「私を置いて皆は楽しそうだ」

仲間外れにされたと不貞腐れている。

「すぐにゼラも楽しくなるさ」

「本当か？」

ゼラはするりと俺の腕に腕を絡ませる。

「確かに楽しいな！」

「どさくさに紛れて何をしてるんですか」

強かな奴だ。


「いらっしゃい、麗夜さん！　お久しぶりです！」

店内に入ると、エミリアさんが小綺麗な格好で迎えてくれた。

以前は素朴な柄だったけど、今は花柄のワンピースを着て、その上にピンク色のエプロンをまとっていた。以前より、さらに綺麗になった感じがする。

「久しぶり。元気してた？」

「おかげさまで。ご覧の通り、お店も順調です」

入り口から店内を見渡せば、いつも通り満員だ。文句なし。

ドワーフやリザードマン、エルフだけでなく、牛人や魚人なども居る。

「客層が少し変わったね。色々な人が来てる」

亜人の国は、種族間で偏見や差別がある。特に牛人や魚人は嫌われていた。

牛人は生活習慣や体臭、魚人は見た目が原因だ。

それが今は、笑顔でエルフやドワーフと一緒に食事をしている。

「オーリさんとラルク王子のおかげです」

凄腕の二人が絡んでいたか。

「何をしたんだ？」

「オーリさんが他の町に、家族亭の二号店や三号店を出したんです」

「支店を出したんだね」

「とても評判が良くて。だから一号店も評判に」

それは良いことだ。しかし客層が変わる理由になるとは思えない。

たぶん、ラルク王子が関係しているな。

「ラルク王子は何をしたんだ？」

「ラルク王子は、他種族と積極的に交流できるように、政策を打ってくれました。おかげで以前よりも気軽に牛人や魚人と話せます」

「種族間の壁は無くなった感じかな」

「ええ。私も色々な人と話せるようになってから、考えが変わりました」

「どんな風に」

「この国に住む人たちは皆良い人です」

「それは良かった」

さすがラルク王子、できる男は違う。こういった政治手腕は見習いたいところだ。

ティアに官能小説を渡したことは許さないけど。

「あと、麗夜さん！　これをどうぞ！」

一冊の本を手渡された。

タイトルは『家族亭と新庄麗夜の歴史』。なんて恥ずかしいタイトルなんだ。

「これは何？」

「オーリさんとラルク王子が出版したんです」

あの二人、宣伝目的で俺の名前を使ったな。

内容を確認してみる。

「俺は皇帝の直系で、亜人の国に亡命しただと……」

流し見したが、ほとんどフィクションだ。

ティアなど、遥か昔にゴールド帝国に滅ぼされた国の王女ということになっている。

この本によると、どうも俺とティアは、許されざる恋に落ちたらしい。

俺はその結果、亜人の国への亡命を決意。メイド長のギンちゃんがそれを不憫（ふびん）に思ったため、娘のハクちゃんとともに俺の付き添いとなる。

そこから一年間、冒険を繰り広げて亜人の国に来たようだ。そこで偶然ラルク王子と出会い意気投合。親友となって家族亭の経営を進め、そこにオーリさんが経営のお手伝いとして来た。

「これ、ほとんど嘘じゃない？」

「小説だから、少しは脚色されていますね。でも本当に面白いんですよ！　それに、この本のおかげでお客さんが増えました！」

エミリアさんは小説を両手に抱えて力説した。

……あとでオーリさんとラルク王子に文句言ってやる。

「オーリさんはどこに居るの？」

「オーリさんは支店の視察などで忙しくて、ほとんどここに来ません」

「じゃあ、誰がここの店長なの？」

「私です！」

エミリアさんは背筋を伸ばして胸を叩く。

エミリアさんは真面目で頑張り屋だ。優しくてお客さんのクレームに泣いちゃうこともあるけど、大丈夫だろう。

「エミリアさんなら安心だ！」

順調そうで何よりだ。

「麗夜！　こっちこっち！」

待ちくたびれたティアの声が、店の奥から聞こえた。

「話はまたあとにしよう」

「お席へご案内します」

ティアたちが待つ奥の席へ行く。

「鋼鉄製？」

しかしすぐに、テーブルと椅子を見て違和感を覚えた。

俺の築いた家族亭は、エルフの国らしく木造建築だった。くつろげる雰囲気を出したかったので、テーブルや椅子の材質も木で、ナチュラルな雰囲気が出るように意識した。

ところが今は、すべて無機質な鋼鉄製である。

「なんでメニューまで鉄で？」

メニュー表も鉄でできていた。

よく見れば、壁紙を張って誤魔化しているが、壁も鉄製だ。

「なんでどれもこれも鉄でできてるの？」

内装や外装を弄る(いじ)ことに文句はない。すでに俺は家族亭の経営から離れている。

しかし、なんでもかんでも鉄にすると重くて大変だぞ。俺たちは高レベルだから平気だけど。

「それが……」

エミリアさんは言いづらそうに口ごもる。

「どうしたの？」

聞いてみると、エミリアさんは観念したように口を開いた。

「実はここ最近、職人の腕が落ちてしまって」

「腕が落ちた？」

素敵な食器をもらったことがあるから、素直に信じられない。

「どう落ちたの？　模様が描けなくなった？」

「とにかく壊れやすいんです」

「壊れやすい？　乱暴に扱ってるんじゃないの」

「持っただけで壊れるんですよ」

どういうことだ？

グシャン！

首をかしげていると、エルフの家族連れが座るテーブルから、何かが潰れる音が聞こえた。

「また壊れたぞ！」

エルフの父親がぺしゃんこに潰れたテーブルを見て怒鳴った。

「よしよしよし。大丈夫よ」

エルフの母親は、驚いて泣きじゃくる子供をあやす。

「お客様！　大丈夫ですか！」

エミリアさんがすっ飛んで謝りに行った。

「昨日今日と、たて続けに壊れてるぞ！　どんだけ安っぽいテーブルを買ってるんだ！」

「申し訳ありません！」

ペコペコとエミリアさんは謝った。

確かにお客さんが怒るのも無理はないが、エミリアさんも可哀そうだ。

「お客さんはテーブルに何かしましたか」

鋼鉄製のテーブルが真ん中から拉(ひしゃ)げている。とてつもなく乱暴に扱うくらいしなければ、こうはならないぞ。

「俺たちは何もしていない」

何もしていない？　バカな。こんなの、バカでかいハンマーでも使わないと無理だぞ。

「本当ですか？　壊れる前に何かしたんじゃ……」

強力な魔法でテーブルを壊したのかもしれない。慰謝料をせびる、悪質なクレーマーならやりかねない。

「子供がはしゃいでテーブルを叩いた。でも、その程度で壊れると思うか？」

「びえええええ！」

さっきから泣きじゃくっていた子供がついに大泣きした。

その瞬間、何かの爆発が起きて吹っ飛ばされた！

「なんだ、なんだ！」

俺は壁に頭を打ち付けたが、痛がっている暇はない！

こんな衝撃があったら周りのお客さんは大怪我だ！

「料理がめちゃくちゃだ！」

「また服が汚れちゃった！」

でも、吹っ飛ばされた他のお客さんはピンピンしていた。

「また掃除しなくちゃ……」

隣に倒れていたエミリアさんが、苦悶（くもん）の表情で立ち上がる。

「エミリアさんは大丈夫？　怪我してない？」

「平気です」

平気なの？　壁にエミリアさんの顔形がクッキリ刻まれてるんだけど。普通だったら顔面の骨が砕けてるよ。

「亜人の国と聞いていたが、魔王で溢れているな」

平然と座っていたゼラがとんでもないことを呟いた。

「な、何を言っているの？」

「真実を言っているだけだ。この国に居る奴らは、亜人の姿をしているが全員魔王だ」

ごめん。説明されても、俺は良く分からない。

「まるで昔の私みたいだ」

ゼラの対面に座るギンちゃんが、ぼさぼさになった尻尾の毛を櫛でとかす。

「昔の私？」

「人間になったばかりの頃、私もよく箒を壊したりした」

「なぜ？」

「力の加減が分からんかった。今はもう慣れたから平気じゃが」

ギンちゃんは毛づくろいが終わると席を立って、エミリアさんの手伝いに行った。

「ティアもお掃除するね」

ティアもめちゃくちゃになった店内の掃除に向かう。

「何か忘れている気がするぞ……」

俺はこれに近い光景を見た気がする。

そう。あれは一月前、亜人の国に来て、ラルク王子に魔界で育った果物を渡した時だ。

あの時、ラルク王子が肘を置いただけで、テーブルが壊れた。

「しまったぁあああ！」

すっかり忘れてた！　俺は魔王野菜をここに輸出していたんだ！

「そう言えば……魔界で育った野菜とか肉を食ってるガイたちも、異常に強くなった……」

魔界の野菜は、魔王化した大根やニンジンやキャベツなどだ。

野菜が魔王化って意味不明だが、なったんだから仕方ない。巨大化した森と一緒だ。

俺はそれを亜人の国に送っていた!

「ゼラは魔王野菜を食べたことがあるよね?」

俺は、なんでも知っているはずのゼラ様に助けを求める。

確認したいことは一つ。

俺は悪くないよね!?

「とても美味しいからもちろん食べているぞ」

「聞きたいんだけど、魔王野菜って変な効果ある?」

「あれは見た目や味は野菜だが、中身は魔素が詰まっている」

「つまりレベルアップするってことですか!」

「食べたら魔王化するぐらいレベルが上がる」

ああ……なんてこったい。

「もちろん普通の野菜のように、ビタミンやミネラルも豊富だ」

違うそんなこと聞いてない。

「ちなみにどんぐらい強くなるの?」

「一つ食べるごとに一万レベルアップするな」

じゃあ一月前から魔王野菜を食べている人たちは、とんでもないことになってるってことか……。

「うん？」

ゼラは俺の泣きそうな顔を見て眉をひそめた。そして、慌てた様子で褒めてくれた。

「麗夜は凄いな！　これなら世界征服も間違いなしだぞ！」

「慰めてくれるのは嬉しいけど、違うんだよなぁ」

俺は自慢してるんじゃない。

亜人の国を魔人の国にしたことにショックを受けてるんだ。

「ちょっと俺はラルク王子のところに行ってくるから！」

「なら私は付いていくぞ」

「好きにして良いよ！」

俺は居ても立っても居られないと、エルフ城に向かった。


「え？　会えない？」

エルフ城の城門でラルク王子に会いたいと言ったら、門番に、首を横に振られた。

「病気か何か？」

「理由は私も知りません。ただ、誰も通すなと」

まさか俺が送った魔王野菜で調子が悪くなったのか？

「俺が来たと伝えてくれ。どうしても会いたい」

「しかし……」

「伝えるだけで良い！」

俺は深く頭を下げた。

「……分かりました。ですから顔を上げてください」

門番はそう言って、ゼラに目を向ける。

「そちらの方は？」

怪しい者を見る目だ。部外者は通したくないらしい。

「麗夜の妻だ」

ゼラが顔を赤くして、俺にピトッとくっつく。

「妻!? 麗夜様にはティア様が！」

門番はぶったまげる。俺も驚いた。

「ゼラ！ 何を言ってるんだ！」

「冗談だ冗談。私は愛人だ」

ゼラは人差し指を唇に当てて笑った。

「これは内緒だぞ」

そして、兵士に色っぽい瞳を向けた。

「そうでしたか！ さすが麗夜様です！」

何がさすがなんだよ。

「すぐにメイドを呼んできます！」

門番は足早に立ち去った。

俺はゼラに向き直る。

「ゼラ……」

「冗談だ冗談」

ゼラはペロリと赤い唇を舐める。

「もっとも、望むなら本当になっても良いが」

「勘弁してくれ」

疲れる……家族亭に置いてくればよかった。

「いらっしゃいませ麗夜様。お久しぶりです」

げんなりしていると、懐かしいメイド長が現れた。

「久しぶり。突然で悪いんだけど、ラルク王子に会いたいんだ」

「分かりました。他の方々ならお断りするところですが、麗夜様でしたら、王子も喜ぶかもしれません。王子に麗夜様がいらしたことを伝えます。それまで客間でお待ちください」

「無理言ってすまないね」

俺とゼラは客間へ案内された。

「ふむ」

ゼラは客間に着くと、落ち着かない様子で天井を見る。

「どうした？」

「私の好きな、血と憎悪の匂いがする」

……いきなり何を言い出すんですかねぇ。

「血と憎悪の匂いが好きなのは目を瞑るとして、上で何かが起きてるってこと？」

「最上階で女が苦しんでいる。実に楽しそうだ」

目を輝かせるゼラ。

「そういうことは、嬉しそうに口にしない方がいいぞ。心の中にしまっておけ」

俺は右手の人差し指をゼラの唇に、左手の人差し指を自分の唇に当てた。

「あ！　いや！　その……」

ゼラは俯いて顔を逸らす。

「すまない。私はどうも皆と感性が違うみたいで……」

ショックというより、傷ついたように見える。

「感性の違いは気にしてない。ただ、むやみに口にすると他の人が気分を悪くするから気を付けて」

「悪かった。ずっと口を閉じてる」

そこまでしなくても……。

「そんなに気にするな！　済んだことは仕方ないし、まだまだ慣れてないだけ！」

「私が悪かった」

「分かった！　俺も悪かった！　だから機嫌を直してくれ」

「麗夜が謝る必要はない」

俯いたまま顔を上げない。気まずい……。

「待たせたな」

そこにラルク王子が現れた！　助かった！

「やあ！　久しぶり！　元気してた？」

気まずい雰囲気を誤魔化すため、ラルク王子と握手する。

「こっちは大丈夫だ」

ラルク王子はゼラに顔を向ける。

「そちらの女性は？」

「私は麗夜の愛人だ」

ゼラは顔を上げると、先ほどと違って明るい顔で悪戯っぽく笑う。

「愛人⁉」

「冗談だよ冗談」

予想通りラルク王子が驚いたので、俺がフォローする。

ゼラは表情を変えるのが上手い。

本当は気分が悪いだろうに、ラルク王子が来たら場の雰囲気を乱さないように心掛けたのだろう。

だから笑顔になった。

彼女なりに頑張っているな。俺も言葉や言い方には気を付けよう。

「それで、どんな用だ？」

ラルク王子は落ち着かない様子で先を促す。

ラルク王子がソワソワするなんて珍しい。よほど大変な状況なのか？

まさか俺のせいじゃないよね？

「実はちょっと話したいことがあって……」

「話したいこと？　なんだ」

ラルク王子は言いながら、扉を閉めようと、無造作にドアノブに触れる。

メキ！

ラルク王子の握力でドアノブが取れた……。

「また壊れてしまった」

ラルク王子は取れたドアノブを見てため息をつく。

「よく壊れるの？」

恐る恐る聞く俺。

「一月前から、毎日壊れるようになったよ」

ラルク王子の目がきつくなる。

「魔軍と交易を開始してからね」

ヤバいな。バレてる。

俺は素直に白状することにした。

「実はそのことで話があるんだ」

「やはり君の仕業か」

ラルク王子は呆れた顔で、慎重に椅子に座った。

「いったい何をしたんだ？」

口調が普段より荒い。かなりイライラしてるようだ。

参ったな……。

「実は、魔軍で育てた野菜を食べるとレベルアップします」

でも、正直に話すしかない。

「レベルアップ？　ほう！　良いことだ」

眉唾物と言いたげな表情だ。

レベルアップするアイテムなんて、この世界に無かったからね。しかも野菜を食ってレベルアップってどういうことだよ。

「レベルアップしすぎて、どうも魔王になるようです」

「君は何を言ってるんだ？」

ラルク王子はしかめっ面になった。

俺も正直、自分で何を言っているのか分かりません。

「他に隠していることがあるんじゃないか？」

ラルク王子の目は険しい。

落ち着け。これはタダの事故だ。

それによくよく考えたら、魔王になった程度のことだ。うん、魔軍は魔王ばっかりだから何も変じゃない。

それに、亜人の国が魔人の国って、なんだかおもしろいよね。つまり俺は何も悪くないと思うんだ。

「隠し事って言うか、魔王になったから、力加減は気を付けてくださいってだけで」

ベキン！　バキン！

話してたら突然壁がぶっ壊れたぞ！

「何をしているんだ！」

穴の向こうから、現国王のエルフ二十世の声が聞こえた。

「壁を拭いていただけです！」

「拭いただけでなぜ壊れるんだ！」

「分かりません！」

メイドが王様に怒られる声が聞こえる。

ベキン！

今度は騎士が扉をぶっ壊して入ってきた……。

「何をしている！」

当然怒るラルク王子。

「申し訳ございません」

当然、謝る騎士。

「それで、なんの用だ？　客人の前だぞ？」

「それが……緊急にご相談があります」

「相談？」

「急速に城や武器、防具の老朽化が進んでいます。もう武器や防具がありません」

「何！」

「それどころか城壁も次々と崩れています。もう城は丸裸です」

ヤバい……。

「一年前に修繕したばかりだぞ！」

「それから、病院が倒壊しました」

「なんだと！　怪我人は！」

ヤバいよ……。

「百人以上の患者と医師が生き埋めになりました」

「すぐに救助を！」

「それが、全員自力で抜け出しました」

ヤバいってこれ……。

どう考えても俺たちのせいでしょ？

ドカン！　ドゴン！

その間にも、城のあちこちから粉砕音や破壊音が聞こえる。

騒ぎがどんどん大きくなっている。

「君は何をしたんだ？　もっと分かるように言ってくれ」

ラルク王子は騎士を追い返すと、呆れ顔とイライラの混じったような表情で俺を見た。

「百聞は一見に如かず。自分のステータスを確認してください」

「私のステータス？　そんなもの見て何が分かるんだ」

「お願いだから見て」

「んん？」

ラルク王子は首をかしげながら、じっと俺の顔を観察する。

「見たら真実を言ってくれるな」

「そりゃもう」

言わなくても、真実が分かりますから。

「仕方がない」

ラルク王子は半信半疑の様子で、ステータス確認用の巻物を取りに行った。

「なぜあの男は麗夜の言うことを信じないんだ？」

ゼラがラルク王子のイライラに当てられたのか、不機嫌そうに舌打ちする。

「常識外れだから信じられないんだ」

俺も未だに信じられないし。

「麗夜の言うことなのだから、すぐに信じれば良いのに」

ゼラは腕組みして足を組む。態度が悪いけど、今は何も言わない。

「持ってきたぞ」

ラルク王子が巻物片手に戻ってきた。ゼラの態度を見て眉を動かしたけど、それだけだった。

初対面の人にあれこれマナーを注文することは、マナー違反だと思っているのだろう。

「さっそくステータスを確認してくれ」

「全くこの忙しい時に、どうして私のステータスを確認しないといけないんだ」

ラルク王子は渋々といった様子で巻物を開く。

「ステータスオープン」

そして呪文を唱えた。

「……」

固まった。

「ふう」

今度は目頭を押さえている。

「故障だな。全くどうなってるんだか」

現実を直視していないな。

「ちょっと見せて」

「見たければどうぞ。バカらしさに笑わないでくれ」

ラルク王子から巻物を受け取り、中身を確認する。

名前：ラルク・エルフ
レベル：７０００４５
獲得スキル

魔物化：「生物が高濃度の魔素を蓄えて魔物へ変化した証」
魔王：「知性を得た魔物の証。不老不死となる」
植物の支配者：「植物を支配することができる」

「なんだこれ」

想像以上に変だった。

魔王に関してはまあ予想通りだ。レベルも仕方ない。

だが、最後のはなんだ？

「植物の支配者って何？」

意味不明だったので、俺はゼラに聞いてみる。

「文字通り植物を支配する者だ」

「強いの？」

「私は強いと思わないが」

「麦とか枯らすことはできる？」

「それは簡単だ」

思わずゴクリと唾が鳴る。

「どのぐらいの規模？」

「国一つ滅ぼせるくらい」

おいおいおいおいおいおいおい！

「ただ、飢饉などまどろっこしい。だから私の方が強い」

そんな恐ろしいことで優劣を付けるな。

「職人だけでなく魔術師も腕が落ちてしまった。これではランク付けができない」

一方、何も信じず、両手を広げて肩をすくめるラルク王子。

「亜人の国は大混乱だ。職人の腕は落ちるし、巻物は使い物にならないし。いったいどうなってるんだ？」

そうだね！　俺もどうなっているのか分からない！

落ち着け俺！　冷静になるために素数を数えろ！

素数が一匹！　素数が二匹！　素数が三匹！

ああ、もうダメだ！

「……そのステータスは真実です」

どうにか俺も受け止めるから、ラルク王子にも現実を受け止めてもらおう。

「もう席を立って良いか？　今日は忙しいんだ」

ブチ！

あまりに頑ななので、俺は思わず叫んでしまう。

「いい加減、自分が魔王になったって認めろ！　色々と心当たりがあるんじゃないか！」

「心当たりがあろうとなかろうと、信じられる訳無いだろ！　なんで私が魔王になるんだ！」

なんて頭の固い奴だ！　俺はもう覚悟を決めたのに！

「俺が送った野菜とか果物食べただろ！　だから魔王になったんだ！」

「国民全員を生贄（いけにえ）にしたとかならともかく、たかが野菜や果物を食べただけで魔王になる訳無いだろ！」

「なっちまったんだから仕方ないだろ！　しかも国民全員が！」

「はっはっはっは！　とんでもない冗談だ！　いくらなんでも面白くないぞ！」

「この野郎、どうやったら信じるんだ！」

「どうあがいても信じられるか！」

叫び続けて、ゼイゼイとラルク王子が息を切らす。

俺も喉が痛いよ。

「ここまでにしてくれないか。今日は忙しくて」

「いやいやいや。残念だけど、信じてくれるまで帰れない」

ラルク王子の気持ちも分かる。

自分の国が魔王だらけになったなんて、以前の俺だったら卒倒してしまう。

だけど手を打たないと、今に亜人の国が更地（さらち）になるぞ！

「全く君は……」

ラルク王子はうんざりしたようにため息をつくと、こっちの気も知らないで席を立とうとする。

「ちょっと待ってちょっと待って！　この数字は真実だから落ち着いて！」

「君が落ち着け」

ああ！　ラルク王子が行ってしまう！

大飢饉で世界を滅ぼせる魔王が行ってしまう！

「王子！　大変です！」

ベキン！

メイドがまた扉をぶっ壊して入ってきた！　今度はなんですか！

「いちいち壊すな！　大切に扱え！」

ラルク王子が叱りつける。

「も、申し訳ありません！　ですがアンリ様が！」

「アンリに何かあったのか！」

ラルク王子は血相を変えて飛び出していった。

ボゴン！

壁を突き抜けて……。

「受け止めて欲しいな……」

それともギャグでやってるのか？　いずれにしろ、疲れてげっそりする。

「愉快な男だ」

ゼラは先ほどよりも機嫌が良さそうだった。

「ラルク王子が気に入ったの？」

「あの慌てぶりは面白い」

「確かに、一周回って面白いな」

本人は真面目なんだろうけど。

「それはそうと、ラルク王子を追いかけよう」

何があったのか分からないが、おそらく俺が関係している。なら確認だけでもしないといけない。

「面白そうだな」

ゼラはニヤニヤしながら肩を揺らした。


ラルク王子を追うと、そこは最上階の眺めの良い綺麗な部屋だった。

心配なので中を覗き込む。

「アンリ！　大丈夫か！」

ラルク王子は部屋に入るなり、大慌てでベッドに近づいた。

「お兄様？　どうしてそんなに慌てているのですか？」

ベッドの上には、目が見えない様子の、両腕も無く、顔中焼けただれた女の子が居た。

表現はかなり失礼だが、魔物のような風貌だ。エルフにはとても見えない。

「大丈夫か？　まさか傷が疼くのか？」

ラルク王子はおろおろと女の子の様子を窺う。

まさかラルク王子に妹が居るとは思わなかった。

「起きたらとても体調が良く、食事が美味しいです、とメイドに言っただけですよ？」

「あ？」

ラルク王子は報告したメイドに目を向ける。

「失礼いたしました。昨夜から続いていた熱が引いたことをお伝えしたくて」

「紛らわしい！」

ドカッと乱暴に、ベッドの近くにあった椅子に座る。

メキ！

椅子は無残に壊れた……魔王なんだから静かに座らないと……。

「全く！　もうここの家具は買わないぞ！　別の商人から買う！」

どこで買っても、同じことになりますから……。

「お兄様？　どなたかいらっしゃいますね？　呼吸音がお兄様とメイドの他に、二つあります」

盲目だけれど、鋭い女の子だ。

ラルク王子は俺たちを見てハッと息を呑んだ。

「私の友人の新庄麗夜と、その友人だ」

「そうでしたか。このような見苦しい姿をお見せして申し訳ありません」

アンリの声には少しだけ、怒りが籠(こも)っていた。口調は丁寧すぎて逆に怖い。

見られたくなかったか。

「二人ともこっちへ来てくれ」

ラルク王子は気まずそうに部屋の外を示す。

「分かった」

アンリを苛立たせないように、静かに外へ出た。

「ごめん。邪魔するつもりじゃなかったんだ」

まずは謝る。

ラルク王子が落ち着かなかったのは、あの子のことを心配していたからか。

「良いさ。隠していた私のせいでもある」

ラルク王子は悲しそうに、閉じ切った扉を振り返った。

「こちらもすまなかった」

ラルク王子は逆に謝ってくれた。なぜだろう？　全面的に俺が悪いのに。

「しかし、その……気分を悪くしただろ？　アンリも無礼な態度だった」

かなり気まずそうな表情だ。

「気にしてない。それより、王子に妹が居るなんて知らなかった」

「ああ……このことは誰にも喋らないと約束してくれ」

弱気な顔を伏せる。

とても弱々しい姿だ。こんなラルク王子は見たことが無かった。

「分かってる。ただ、何があったのか、よければ事情は知りたい」

家庭内の問題だが、知ってしまった以上聞いておきたい。

「……見てしまったのだから、説明した方が良いな」

ラルク王子は隣の部屋に案内してくれた。

「ここは私の寝室だ。くつろいでくれ」

良い内装だ。ベッドは大きいし、数人でお茶を飲めるテーブルもある。家具も豪華だ。

「さすが王子様の部屋だ」

「からかわないでくれ」

苦笑しながら椅子に座るラルク王子。

「アンリは十歳年下の妹だ」

「さっきも言ったけど、妹が居たとは知らなかったな」

「公(おおやけ)にしていないからな」

さっきから俺の顔を見ない。

何か後ろめたいことがあるんだろうか。

「あの火傷（やけど）や体のせい？」

回りくどい言い回しは好きじゃない。多少失礼でも切り込むのが俺流だ。

「説明するのもつらいが……」

大きくため息をつく。

「アンリは私よりも才能のある魔術師だった。もしも五体満足なら、次の後継者はアンリになっていただろう」

「女王の誕生か！　そりゃ凄い」

「しかし、炎魔法の練習中に事故が起きた」

「事故？」

「アンリは向上心が強かったから、十年前に、超上級魔法の練習を一人で行った」

「超上級魔法？　どれくらい凄い魔法なんだ」

「レベル七十以上の英雄クラスだ。使えるのは世界に一人か二人だろう」

「凄いじゃないか」

「身の丈に合っていない難易度だ。だから私含めて全員が諦めた。しかし、アンリは一人で練習してしまった」

何が起きたのか分かった。

「術が暴発したのか？」

ラルク王子は沈痛な面持ちで頷く。

「制御しきれなかった炎により、アンリの顔は焼けただれ、目は潰れ、腕も足も千切れ飛んだ。わずか十歳の時だ」

「それは気の毒に……」

なんと言って良いのか。俺には分からない。

「一人で練習していたことも災いし、救助が遅れた。病院で治療を受けたのは事故発生から半日が経過していた」

「良く生きていたな」

「アンリは天才だった。救助があるまで、治癒魔法を自分にかけ続けることで生き延びた」

「凄いな」

「しかし……治療が遅れたせいで、両腕両足、目、皮膚は元に戻らなかった。戻ったのは鼓膜だけだ」

「再生魔法と外科手術を組み合わせれば治るんじゃ？」

「君も知っているだろ。再生魔法は、時間が経てば経つほど効果が無くなる。傷口が塞がってしまうからだ。おまけに両腕両足も吹っ飛んでしまった。事故があった瞬間ならまだしも、今となってはどうにもできない」

「皮膚や腕、眼球の移植手術はどうだ？」

「そんな高度な手術ができる奴はこの世界に居ない」

悲痛な沈黙の時間が流れた。

「……以来、アンリは心を閉ざしてしまった。誰とも会おうとしない。そして、私や家族は、アンリは死んだことにした」

ラルク王子は拳を握りしめ、歯を食いしばって喋った。

「なぜだ？」

「死んだことにすれば、アンリは誰にも会わなくて済む。あの子もそれを望んだ……何より、名門であるエルフ家としても、あのような姿を知られたくなかった」

何も言えない。まるで不幸を煮詰めたような結末だ。

「私を最低だと思うかな？　奇遇だ。私もそう思うよ」

ラルク王子は、普段の態度からは信じられないほど弱っていた。

「俺たちがなんとかしてやるよ」

友人が胸を痛める姿を見ると、俺も胸が痛い。だから助けることにする。

「なんとか？」

「こっちには朱雀という、死者すらも蘇(よみがえ)らせる男が居る」

窓を開けると強い風が流れ込み、カーテンが揺れた。

「朱雀！　こっちへ来てくれ！」

「はいよ」

朱雀は呼んだ瞬間、炎とともに速攻で現れた。

「今までどこに居たんだ？」

「心配してくれたのか？」

「なんとなく聞いただけ」

「ちょっとは心配してくれても良いじゃねえか」

俺の答えに朱雀は苦笑した。

「ちょいと町をブラブラしてただけだ」

チラリとゼラに目を向ける。やはり気まずいのか。

「気分転換になった？」

「そうだなぁ……」

朱雀は窓から部屋に入って、ゼラの前に立つ。

朱雀の気配が刺々(とげとげ)しい。まさかゼラと戦うつもりじゃ？

「何か用か？」

ゼラは鋭い目を向ける。朱雀の雰囲気を察したのだろう。

「待て待て。考えさせろ」

朱雀は言うと、腕組みをしてゼラを見下ろした。

ゼラと朱雀は無言で睨み合う形になった。

重苦しい雰囲気が漂う。

「よし！　吹っ切れた！」

やがて、朱雀は大声で言って天井を見上げた。

「昔の話だ。もうやめよう」

そして、薄く流れた涙を拭いて、こっちに笑顔を見せた。

「それで、なんの用だ」

朱雀の雰囲気は明るい。ゼラは肩透かしを食らったように口を曲げている。

「ラルク王子の妹が大怪我してるんだ。治してやってくれ」

「どこに居るんだ？」

「隣の部屋だよ」

「ちょっと待ってろ」

朱雀は煙で足場を作り、窓から隣の部屋を覗く。

「俺が治す必要ないだろ」

そして首をかしげた。

え？　予想と違うんですけど！

「ちょっと待て！　突然何？　まさか反抗期？　靡かない俺に愛想をつかして別の男を好きになったか！　それならそれで一向に構わないけど、今は困る！」

ゼラを仲間にしたのが気に食わないのか！　それで俺に意地悪してるのか！

「別にそう言う訳じゃねえけど？」

朱雀は俺の気持ちも知らないで、鼻の頭を掻く。どうしてそんなに呑気なの！

「なら治してやれ！」

「だから俺が治す必要は無いって」

「あれか？　俺とデートしたいのか？　だからそんな我儘を言うのか！」

「そりゃデートはしたいけどよぉ……なんでそんなに慌ててんだ？」

「慌てるに決まってるだろ！　友人が困ってるんだ！　よし仕方がねえ！　ならデートしてやる！

町内一周散歩コースで良いか！」

「なんだと！　ならせめて手を繋いで、夜まで過ごしたい！」

「うわぁあああああ！　でも友人のためなら仕方がない！」

「本当か！　なら俺ちゃん頑張っちゃうよ！」

朱雀はグッとガッツポーズした。

「……なんて、ははは！　冗談だ冗談。こんな脅すような条件でデートなんてしたくねえ」

「え？」

朱雀はカラッとした感じで笑う。

ここだけ見れば普通に良い男なんだが。

「麗夜は早合点してるぜ」

「早合点？」

「アンリは魔王だ。魔王なら、目も腕も望めば再生する」

「は？」

どういうこと？

「百聞は一見に如かず、だ」

朱雀はスタスタと部屋を出る。

「おい？　どこ行く？　それにさっきから、魔王だなんだと、どういうことだ？」

ラルク王子は朱雀を止めに行く。

「よし！　お嬢ちゃん！　そろそろ辛気臭いうじうじモードはやめようぜ！」

朱雀はラルク王子の制止も聞かずに、アンリの部屋に押し入った。

「なんですか？　失礼な人ですね」

アンリは当然のごとく敵意を見せた。

「失礼も何も、魔王がうじうじ拗ねてちゃ見っともないぜ？」

朱雀は無礼にも、アンリの焼けただれた頬を触った。

「無礼者！」

バシン！

アンリが勢い良く朱雀の頬を叩いた。

腕が生えた！

「……え？」

アンリはジンジンと痛む自分の手のひらに顔を向ける。

「良いビンタだ！　その調子で目も開けてみな」

「……目？」

アンリは放心したまま、朱雀の言う通り、火傷で閉じたはずの瞼を開ける。

「……嘘！」

綺麗な瞳がそこにあった。

「汚れを落とすみたいに、頬っぺたを擦ってみな」

「こ、こうですか？」

アンリは操り人形のように、朱雀に従う。

ボロボロ……焼けただれた皮膚ははがれ、綺麗な真っ白い肌が現れた。

「あとはもう自分でやりな」

朱雀はすべて終わったと、アンリから離れる。

「そんな……どうして？　何が起きたの？」

アンリは恐る恐る、震えながらもベッドから起き上がった。

ズルズルズルッと、無くなった手足が生える。

「嘘よ……こんなの夢よ！」

アンリは一人で立ち上がった。

そしてそのまま固まった。

「……アンリ」

ラルク王子も固まっている。

「何が起きたの？」

俺にも理解できないので、朱雀に説明してもらう。

「魔王は不老不死だ。首がちょん切れても元に戻る。なら目の一つや二つ、腕の三本や四本、元に戻って当然だろ？」

当たり前のように言ってるけど、とんでもない内容だ。

「私を頼ってくれれば良かったのに」

ぷくっと後ろでゼラが頬を膨らませた。

俺はどう反応したら良いんだ？

「麗夜」

硬直していると朱雀はキラリと白い歯を見せる。

「俺は脅迫も何もしねえ。お前が心の底から、俺に惚れるその時まで、いつまでも待つ。だから安心して俺を頼ってくれ」

なぜかカッコつけて出ていった。

「ああ……」

「これはいったい……」

一方、アンリとラルク王子はまだフリーズしている。

「ゼラ！　拍手だ！」

俺はパチパチと盛大に祝う！

「こうか？」

ゼラは良く分かっていない感じだが、俺の真似をしてくれた。

「れ、麗夜？」

ラルク王子は目をパチパチさせる。

そんな態度じゃダメだ！

「おら！　妹が歩けるようになったんだ！　ここは熱く抱きしめるところだろ！」

「お、おお？」

「アンリもアンリだ！　歩けるようになったんだから、愛しいお兄様に抱き付く！」

「え？」

「え？　じゃない！　さあスタート！　早く抱きしめ合え！　熱い抱擁だ！」

「え、ええ……」

ラルク王子とアンリは言う通りに抱きしめ合う。

「……おお！　本当に良くなったんだな！」

「お兄様！　私！　歩けるようになったわ！」

ようやく大粒の涙を流して喜び合った！

「拍手だ！　めでたいぞ！」

パチパチパチパチ！

「ん？　なぜこんなことをするんだ？」

ゼラはしかめっ面になる。

なんて常識の無い奴だ！

「ゼラ！　こういう時は手を叩くんだ！　それがマナーだ！」

「麗夜が言うならその通りにするが、何を焦っているんだ？」

「焦ってる？　まさか！　事態が丸く収まってホッとしているのさ！」

パチパチパチパチ！

俺一人で割れんばかりの拍手！

「一件落着！」

なんてめでたい結果だ！　誰がどう見ても問題ない！

つまり亜人の国が魔人の国になっても、全く問題なかったということだ！

「ところで……そのままでいいから聞いて」

妹と熱い抱擁を続けるラルク王子の肩を叩く。

「なんだ？」

「君も妹も家族も国民も魔王になったけど、見ての通りなんの問題も無いから気にしないで」

俺はヒラヒラッと手を振った。

「二人とも積もる話があると思うから、俺はここで失礼させてもらうよ」

そして、できるだけ優雅に退場する。

「待て」

ラルク王子に睨まれた。

「どうしたの？　そんなに怖い顔して。アンリが治ったんだから喜ぼうよ」

「そうだな。喜びたいが、聞きたいことがある」

「何？　俺はちょっと急用ができたんだけど」

「逃げるな」

アンリから離れたラルク王子が、つかつかとこっちに来る。

怖いな。どうやって逃げよう。

「魔王になったという話は本当だったのか？」

「本当だよ。だからアンリの手足が生えたんだ。めでたいね」

「めでたいな！　アンリが治ったことは！　だが魔王とはどういうことだ！」

「さっきも言ったけど、魔界の野菜とか果物を食べたでしょ。あれ食べると魔王になっちゃうんだ。でもその程度だから気にしないで」

「その程度だと！　国民を魔王だらけにしてその程度だと！」

「大したことじゃ無いって！　アンリを見てごらん！　元気満々！　しかも副作用無し！　完璧！」

「そういう問題じゃないだろ！」

予想通り烈火のごとく怒った！

「落ち着いて。不手際で魔王にさせたのは謝る。でも魔王になると、特典いっぱいメリットいっぱい、デメリットは少しだけ！」

「どんなデメリットあるんだ？　うん？　言ってみろ」

「不老不死になったり、レベルが上がりすぎたり、赤ちゃんがクシャミしただけで爆発が起きたりするだけだ」

「不老不死！　クシャミで爆発だとぉおおおお！」

プチンッと、何かが切れる音がした。

バタン！

ラルク王子が倒れた。

「お兄様！」

アンリがラルク王子を抱き起こす。

返事をしない！　白目をむいている！

「大変だ！　痙攣して泡を吹いている！」

医者ぁあああああ！

第七章　亜人の国は魔王だらけでも平和です

「あの……ごめんなさい」

俺は玉座の間で正座をしていた。

「俺の不手際であなたたちを魔王にしてしまい、申し訳ありません！」

改めて、正直にラルク王子たちに説明をして、土下座する！

「そうでしたか。道理で腕や足が生えた訳です」

アンリはニコニコと、綺麗になった顔を鏡で何度も確認する。

アンリは長い金髪で、ピンク色の薄い唇に細い目をしていた。

金の瞳に白い肌、長いエルフ耳であどけない小顔。身長は低めで幼い感じがする。しかし雰囲気は王族の気品を感じさせた。

そんな見た目なのに、リアクションが軽いな。嬉しいなら良いけど。

「最近若返ったように思ったけど、魔王になったからなのね」

王妃様は俺たちに構わず、大型の鏡の前でポーズを取る。綺麗なんだけど、客人の前でどんな態度だ。

もちろん魔王になると、若返ることも簡単だ。

「母上！　アンリ！　そんな呑気な態度でどうする！」

ラルク王子は当然怒り出した。

「どうしたのですか、お兄様？」

「突然怒鳴ってどうしたの？」

対する二人は鏡から目が離せない。

「突然魔王になった！　魔王にさせられた！　いくらなんでも怒るところだ！」

「どうしてそんな些細（ささい）なことを気にするのですか？　健康的で良いことでしょう？」

「永遠の命に永遠の若さ、永遠の美しさ。それが手に入るのなら、魔王になろうと悪魔になろうと構わないでしょ？」

二人はすでに魔王化を受け入れていた。

ラルク王子はため息をつくしかない。

「父上！　母上とアンリに言ってください！」

仕方ないので王様に助けを求める。

「うーむ！　まさかサラサラの金髪ヘアーに戻れるとは思わなかった！」

王様は手鏡で髪形チェックをしていた。以前は白髪交じりだったけど、今は綺麗な金髪だ。

「おまけにこの漲る活力！　若さが抑えられん！」

確かに若返っている。息子よりも若い。十代くらいに見える。美男子だ。

ラルク王子は複雑そうな表情で父親を見る。

父親が自分よりも若くなったら、そりゃ複雑な気分だろう。

「ジュリエッタ。とても綺麗だ」

「あら！　あなたが私を口説（くど）くなんて何十年ぶりでしょう？」

王様は俺や息子を無視して、妻を口説き始めた。

妻は妻でそれに応じている。

だから客人の前だって。息子の前だって。

「いやいやいや！　いつも綺麗だと思っていた！　毎日口説きたいと思っていた！　だが歳には勝

てなかった」

「本当ですか？　年々増える小じわに、愛想をつかされたかと思っていました」

「バカな！　私は！　いや！　俺はいつもお前を愛している！　その気持ちは変わらない！」

スッと王妃様の腰に手を当てて、抱き寄せる。

「だから、今日は久しぶりに、一緒に寝よう」

「あら？　アンリが生まれてから別々に寝るようになったのに、調子の良い人ですね」

しかし王妃様は素っ気なく距離を取る。不貞腐れたような表情だ。

そしたら王様は慌て顔になった。

「ジュリエッタ……許してくれ。アンリのことや国内の問題、魔軍、人間、それらの悩みでおかしくなっていたんだ」

「でしたら、存分に悩んでいてください」

プイッとそっぽを向いてしまう。

「お願いだ許してくれ！　俺にはお前しかいない！　浮気も何もしなかっただろ！」

「ならば、今からすればよろしいのでは？」

なんか、王妃様の目がおかしくなっている。

こう、サディストというか、可愛い子を虐める悪女というか。

「頼む！　私はもうお前でしか勃起（ぼっき）しないんだ！」

こ、この王様は何を言い出すんだ！

「ふう！　そこまでお願いされては仕方ありませんね」

王妃様は満面の笑みで、王様のズボンを掴む。

撫でるではなく、掴んだ！

「あら大変！　このままだと破裂しそう」

「ああ！　もう我慢できん！」

「ならば、愛していると言ってください」

お二人とも？　俺らが居ること忘れてない？

「愛しているぞ！」

完全に忘れてるようだ。

「もっと大きな声で言いなさい！」

「愛している！　愛している！」

「もっと心を込めて！　あなたが昔！　私にプロポーズしたように！」

「愛している！　愛している！　お前を永遠に愛している！」

「なんて可愛い人なのかしら！」

王妃様は王様の胸倉を掴んでキスをする。

ワイルドだね。

そして唇を離すと、息子に目を向けた。

「私たち、これからとても大事な用事を済ませてきます。後は任せましたよ」

そして返事も聞かずに、王妃様は王様の尻を撫でながら、王様は王妃様の尻を撫でながら、部屋を出ていった。

「……」

唖然とするラルク王子と、目が合う。

「身内が恥を晒した。謝る」

「楽しそうで良いことだよ」

心中お察しします。

「私も、いつかは……」

なぜかアンリがこっちを見て微笑んでいる。

「サイドチェスト！」

喧しい王様たちが居なくなった玉座の間には、同じく喧しい騎士やメイドが残っていた。

「この見事な腹斜筋！　馬よりも太い足！」

「魔王になるとこんなに美しい肉体になるのか！」

騎士たちはパンツ一枚になって筋肉美を競い合っている。

だから客人の前だって。

「やはり騎士たるもの、最強の肉体を持たねばならぬ！」

「我々もようやく胸を張れます！」

とても楽しそうですね。良かったです。

「見て見て！　おっぱいが大きくなった！」

「小顔にできたわ！」

そしてメイドたちは魔王化による副産物、身体改変で遊んでいた。

「悩みだった顔のしみも綺麗になったわ！」

「ニキビが無くなったわ！　嬉しい！」

「脚痩せができたわ！」

「お腹周りがすっきりした！」

とても嬉しそうだ。良かったです。

「……」

ラルク王子は彼らを死んだような目で見ていた。

「幸せになって良かったね」

励ましの言葉を送る俺。

「……ありがとう」

ラルク王子は疲れ切った顔で返事をしてきた。

ちなみに、後から城にやって来たティア、ギンちゃん、ハクちゃんとゼラは、メイドや騎士に交じって遊んでいる。

「とっても可愛いわ！」

ハクちゃんはメイドたちに、子供用のピンク色フリフリドレスを着せられていた。

「えへへへ！　これ欲しい！」

ハクちゃんはクルクル回ってスカートを広げた。

「こっちの方が掃除に便利じゃな」

ギンちゃんは掃除用具やメイド服に興味津々だ。

「ちょっと胸が苦しい」

ティアはお姫様が着るようなドレスを着ている。それ、アンリの服だろ。

「いくら筋肉を膨らませても私には勝てんぞ」

ゼラは騎士たちと腕相撲を楽しんでいた。

「俺の気も知らないで……」

まあ良いんだけどね。今回の騒動は俺一人の責任だし。皆が楽しそうなら何より。

「頭が痛い」

そして、俺はラルク王子と一緒に頭を抱えた。

君たちはどうして動じないんだ？

「お兄様、真面目な話ですが、魔王になって良かったと思いますよ？」

俺は部屋を移動して、ラルク王子とアンリの三人でお茶を飲むことにした。

ティアたちは今回席を外してもらった。

政治的な話だし、一緒に話を聞いても面白くないだろう。それよりも、元気な騎士やメイドたちと一緒に居た方が楽しいと思ったのだ。

「確かに、お前が元気になって良かった。それに、父上たちも若返って喜んでいる。騎士たちも強くなったと喜んでいるし、メイドたちも楽しそうだ」

ラルク王子は複雑そうに唸る。

「麗夜様のお話ですと、魔王になっても、狂暴になったり破壊衝動に悩んだり、ということはありません。不老不死、そして永遠に健康な肉体、最強の肉体、美しい肉体になるだけ。国民も必ず喜びます」

「平然と言うな……私は混乱で頭が弾けそうなのに」

コロコロ笑うアンリに、ラルク王子はため息をついた。

「お兄様？　私はもう、魔王からエルフに戻ろうとは思いません。戻りたくありません。それはお父様や民たちも同じです」

「なぜだ？　魔王だぞ、神の教えに反するのでは？」

「何もしない神のために、再び不自由で醜い体に戻れとおっしゃるのですか？　お兄様はとても残酷ですね」

「いや！　そう言う訳ではないが……」

「同じですよ」

アンリは色っぽい唇を笑わせた。

「私たちは、神のために生きるのではありません。私たちが神を敬うのは幸せになるため。それならば、何もしない神に用などありません。違いますか？」

「私自身は無宗教だ。だから宗教は道具と考えている。その考えからすると、お前の話にも納得できるな」

「神は私たちの道具です。役に立たない道具は捨てなければなりません。そして新しき道具、魔王という存在を理解し、愛用し、使いこなす必要がある。これからはそういう時代なのです」

凄く力強い理論だ。まさか魔王を利用する、なんて言うとは思わなかった。

その考えに文句はない。俺自身、魔王って立場にこだわりは無いし、何よりこの世界は魔王まみれ、もはやタダの称号、まさに道具みたいなもんだ。

しかし、宗教が道具と平然というラルク王子もラルク王子だな。

俺も宗教は信じてないけど、宗教家に聞かれたら怒られるぞ。

もっとも外では良い顔をして、宗教家と握手してるんだろうな。そして神を信じていますとか抜かしているんだろ。

強かな奴だ。

「私よりも、お前の方が王に向いているな。私はそこまで割り切れなかった」

ラルク王子は何度目かのため息をついた。ただし、先ほどよりも呼吸がゆっくりだ。

落ち着いてくれたようだ。

「麗夜？　魔王になったのは君の過失だ。その点についてはどう考える？」

ようやくこっちに話を振ってきた。

「すまない。だからこそ償いを考える」

「償い？　今さら魔王からエルフに戻すなど言うなよ？」

ラルク王子は魔王として歩む道を選んだようだ。

「魔界は魔王で溢れている。だから魔王が使える日用品もそろっている。お詫びにそれらを譲渡しよう」

「もう少し、色を付けて欲しい」

がめつい奴だ。友人相手でも、外交となると容赦ないな。

「もちろん、亜人の国民すべてを魔王にする。そのために無償で魔王野菜と魔王果物を提供する」

「もう一つ欲しいね」

厚かましい。しかしこっちが悪いから仕方ない。

「何が欲しい？」

「魔王の力をもっと知りたい。だから教師を派遣してくれ」

「教師？」

「現在、亜人の国は魔王の力に振り回されてる。だからそれを制御する必要がある」

「それはもっともだ」

俺は頷いた。

「だから教師を送ってくれ。魔軍でも頭の良い奴を」

妙な注文だ。

「どうして頭の良い奴を？」

「魔王の力をもっと知りたいと言っただろ。何ができるのか、何ができないのか、知り尽くさないといけない」

ラルク王子は、魔王の力を最大限に使いこなしたいようだ。だからすべて知りたいんだ。

世界征服でもするつもりかな？

「良いよ。それで許してくれるなら」

ラルク王子が何を考えていても、俺がやることは変わらない。

それにこの流れはチャンスだ。

俺にも外交手腕があることを見せてやろう。

「君が魔軍の総司令官と聞いてひっくり返ったが、今となっては、幸運だったと思うよ」

ラルク王子はやっと、安らかな笑みを浮かべた。

「ただし、条件がある」

「条件？」

不意の俺からの提案に、ラルク王子は裏声になる。

「魔軍と同盟を結ぶこと。具体的には、平和条約と相互通行条約の締結、自由貿易の確約だ」

ラルク王子は断れない。断ったところで一文の得にもならない。

「選択の余地はない。もちろん同意する」

そう言ってラルク王子は、眠そうな目で紅茶に砂糖をたっぷり入れた。

なんだかんだ疲れてるんだな。ごめんね。

「最後に、人間に助力しないこと。具体的には、協力して魔軍を攻めろと言ってきても断ることと、貿易の断絶だ。人間に魔王のアイテムを一つも渡してはならない」

「そんなことで良いのか？　共闘して人間を攻めろと言うのかと思った」

「人間ごとき魔軍で十分だ」

「恐ろしいね」

苦笑するラルク王子と握手を交わす。

当初の予定通り、条約を結べた！

「では、私はそろそろ寝るとする。二人はじっくり、心行くまで話し合ってくれ」

ん？

「なんのことだ？」

しかしラルク王子は答えず、扉を開ける。

「世界を支配する新庄麗夜の義理の兄か。私もずい分と出世した」

呆然としていると、ラルク王子は静かに笑った。

「ちょっと待て」

「国益のためなら妹も差し出す。私はなんて酷い兄だ。だが妹よ。兄の悲しい決断を恨まないでくれ」

わざとらしく頭を抱えるラルク王子。

「もちろんです！」

アンリは滅茶苦茶元気に返事をした。

「おっと！　そろそろ人間と交渉に行く時間だ！　だから失礼する！」

嫌な予感がするので、俺は作り笑いで誤魔化した。

これ以上面倒で複雑なことになりたくない！

「人間と和平する必要はありません！　だから部屋を出ていく必要もありません！」

そう言ったところで、物凄い力で抱き付かれた。

「ちょっと待った！　俺が君を助けた訳じゃない！　朱雀のおかげだ！　だから礼をするならあいつにしてくれ！」

「麗夜様は意地悪です！」

何が？

「あなた様は、魔王を統べる大魔王です。ならばあなた様に純潔を捧げず、誰に純潔を捧げればよろしいのですか？」

「君が好きな奴に捧げれば良いだろ」

「なら問題ありません！　私はあなた様が大好きです！　愛してます！」

「なんでそうなるの。出会ってまだ一日も経ってない」

「出会って一日も経っていない？　なんということでしょう！　あなた様は己の価値に気づいていない！　下等な人間やエルフならば、確かに数年数十年の月日が必要でしょう！　しかし、あなた様は魔王を統べる存在！　言うなれば私たち全生物の神です！　一秒！　それだけで十分な時間です！」

「怖いこと言うんじゃねえ！」

俺は世界征服するつもりはないし、そんな器じゃない。

「怖いも何も、事実です！　あなた様は特別です！　神です！　あなた様が歩けば男は忠誠を誓い、女は愛を誓う！　小鳥は感涙してさえずり、ドラゴンは喜びで空を舞う！　あなた様が安息に微笑めば民は平和の宴を開く！　あなた様と目が合えば、乙女はときめき少年は尊敬に頬を染める！　世界はあなた様を中心に回っています！」

「落ち着け、落ち着くんだ！　君は怪我が治って気分が高揚しているだけ。それらはすべて勘違いだ！」

突然アンリの顔が素面になる。

「ああ……お労しい……そのようなご謙遜をなさるなんて……誰もあなた様にパレードを開かなかったのですね。私ならば毎日、国民総出で歓迎と感謝のパレードをお見せするのに」

全然素面じゃねえ！　それともマジで言ってんのか？　俺は独裁者か何か？　べた褒めされるのは嬉しいけど事態が急すぎる！

「あなた様は一度も我儘を言ったことが無いのですね。身を粉にして民を思い続けていたのですね」

何言ってるの？　なんで涙を流す？

「私は心に決めました。あなた様のお役に立つ。そのためだけに生きます。私が生まれた理由はそれだったのです」

自分のドレスに手をかけるアンリ。

「ちょっと待て！　まさか脱ぐ気か！」

俺は無理やりアンリの手を押さえる！

「この思いを伝えるには、もはやこれしかありません！」

「大丈夫大丈夫！　思いは十分伝わった！　重すぎるほど伝わったぞ！」

誰か、この暴走機関車みたいな子を止めてくれ！

「そこまで！」

ジャジャーンと、ティアとゼラが現れた！

「あなたたちは誰です！」

アンリの目が、敵を威嚇するライオンのように鋭くなる。怖い。

「ティアは麗夜のお嫁さん！」

「私は麗夜の嫁だ」

二人が自信満々に笑った。

「麗夜はティアのお婿さんなの」

「独占欲が強いと嫌われるぞ」

そして二人は、アンリを放って睨み合う。

ティアはムッとした顔で、ゼラは冷笑して。

だから怖いって。というか、二人で争ってる場合じゃないでしょ。

「麗夜様のお連れの方でしたか……」

アンリは品定めするように二人を見た。

「容姿よし。私よりも麗夜様と時間を過ごしていて、私よりも遥かに強い。このまま競い合うのは不利……」

ブツブツと何か考えている。

「ゼラも独占欲が強い」

「独占欲があっても、普通の女の子と同じくらい、つまり私の方が常識的ということだ」

ティアとゼラは、アンリが何か考えている間に、静かに不毛な争いを続けていた。そんなことしていると足を掬われるぞ。

「ティア様！　ゼラ様！」

アンリは考えをまとめたのか、突然二人に跪いた。

「およ？」

ティアはいきなりの展開に首をかしげる。

「ふむ！　なかなか見どころのある娘だ！　己の立場を弁えている！」

ゼラはなぜか絶賛した。

「突然どうしたの？」

俺は変貌したアンリの態度に困惑するしかない。

ここから仁義なき面倒な修羅場が始まると思っていたが、そんな雰囲気ではなくなった。

「お願いがあります！　どうか私を麗夜様とティア様、ゼラ様の召使いにしてください！」

なんでエルフ家はぶっ飛んだこと言う奴が多いんだ！

「召使いって何？」

ティアは意味が分からないようだ。まず聞くことが無い言葉だからね。

「麗夜様とティア様とゼラ様のお手伝いをします」

「例えば？」

「お食事を作ります」

「麗夜の食事はティアが作るの！」

「でしたらお洗濯をします」

「それならよろしい」

ティアはうむうむと納得したように頷く。

「召使いにしてもらえませんか？」

「許す！」

ティアはあっさり許してしまった。

アンリを召使いにして良いのか？　働きたいだけ？　それだったら良いんだけど。

「ふふふ」

怪しく微笑むアンリが不安で仕方ない！

「なぜ私たちの召使いになりたい？　麗夜だけで十分だろ」

ゼラは楽しそうに微笑む。

アンリに下心があると見抜いたのか？　下心があるのか知らないけど。

「ティア様とゼラ様は、麗夜様の伴侶でございます。つまり麗夜様に次ぐ偉いお方。言うなれば女神です。真に麗夜様を思うならば、女神であるティア様とゼラ様に奉仕するのは当然のことです」

「気に入った！　特別に私たちの世話係を許す！」

ゼラは気持ちよさそうに笑った。

「ふ」

アンリはゼラに見られないよう、小さく笑った。

策に乗せられてませんか？

「麗夜様はよろしいですか？」

アンリは可愛らしく、それでいて幸薄い雰囲気で尋ねる。雰囲気変わりすぎだろ。

「俺は……」

俺はどうしよう。

別にアンリが召使いになっても良い。困るものでも無いし、働き者は歓迎だ。

だけど何か！　アンリには裏があるように見える！

どんな裏か分からないが、ちょっと怖いぞ！

「麗夜。この子、召使いにしよ」

「自分の立場を弁えている。私は文句ない」

二人は乗り気だ。

「俺は……」

「麗夜様……私が気に入りませんか？」

アンリが手で口を押さえて嗚咽を始めた。

「私は治ったとはいえ、元々は醜い姿でした。嫌いになられて当然です」

「そんなことは無いぞ！　俺はアンリが嫌いじゃない！」

そこまで落ち込まれたらフォローするしかない！

「では……」

まるで神に祈るよう両手を組むアンリ。

「……良いよ。これからよろしく」

もうめんどくさい。なりたいならなってくれ。

「ではさっそくお風呂に入りませんか？」

アンリは爽やかな笑顔でティアとゼラを見る。

「うむ。お風呂に入ろう」

ティアはアンリの提案に乗り気だ。

「風呂か……」

ゼラは乗り気ではないようだ。

「どうされました？」

「昨日風呂に入ったんだが、熱くて熱くてびっくりしてしまった」

ゼラは昨日、ハクちゃんやギンちゃんの部屋に居た。その時にお風呂で何かあったのかも。

「でしたら、ゼラ様には特別に温めのお湯をご用意します」

「それなら良いが」

ゼラはビクビクと怯えた感じで頷く。そんなにお風呂が嫌なのか？

「麗夜様はどうされますか」

アンリは邪気の無い顔で聞いてきた。

「入ろうかな」

疲れて仕方ない。肩まで浸かってゆっくりしよう。

サウナにも入りたい。あんまり長く入れないけど。

「でしたら皆さん、ご一緒に入りましょう」

アンリは名案とばかりに手を叩く。

ちょっと待ってくれよ……。

「うむ！　麗夜と一緒に入る！」

「それなら文句ない！」

ティアとゼラはノリノリだ。

「どうぞ麗夜様！　お背中をお流しします」

「待って。アンリも入るの？」

「もちろんです。アンリも召使いですから」

ああ……。

「どうされました？」

俺は……。

「麗夜どうしたの？　早く入ろ」

俺は……。

「私も背中を流してやるぞ」

俺は！

「俺はもう！　ダーメだぁあああああああ！」

グワッシャン！　窓を突き破って、城の最上階からアイキャンフラーイ！　夜空にこんばんは！

「麗夜様！」

「麗夜！」

「どこへ行く！」

アンリ、ティア、ゼラの声が聞こえたが無視！　中庭に着地する！

「探索妨害魔法、展開！」

千里眼などの、探索系魔法で見つからないようにする！

「とう！」

スライディングで芝生（しばふ）を滑り、その勢いで跳躍！　柵を飛び越える！

「ここまでくれば大丈夫だろう……」

俺は静かな森の中で一息ついた。

「これからどうするかなぁ」

ハーレム展開！　大好きです！　でも実際に体験すると胃が持たない！

「誰も来てないな」

恐る恐る耳を澄ますと、鈴虫に似た鳴き声が聞こえる。あとは風による木々の囁（ささや）き。

ホッとすると、誰も居ない事に少しだけ寂しさを感じた。

「平和だねぇ」

空を見上げると、雲と葉の隙間から仄（ほの）かに月と星の輝きが見える。

ふと、のんびりと空を見上げたのはいつ以来だったのかと思う。

「昔はしょっちゅう見てたな」

ここに来てから、ほとんど空を見たことは無かった。

それよりも美しいティアたちとの暮らしがあったから。

でも、前の世界では違った。いつもいつも空を見上げて、星を見ていた。

平和な星々と一緒に輝きたかった。誰にも虐められずに、誰かに褒めて欲しかった。

もちろんそんなことは叶わない。

それがとても悲しかった。明日が来るのが怖くて堪らなかった。

今は違う。

いつも誰かが傍に居る。毎日楽しく笑える。明日が来るのが待ち遠しい。

「戻ろっと」

寂しさが頂点に達したので、観念して帰ることにする。

「しっかし、三人になんて言おうか……」

悩みの種は尽きない。

「まあなんとかなるか」

ため息をつくと、笑いが混じっていることに気づく。

「よっと」

森を出ると遠くにエルフの城が見える。その上に月が輝いていた。

「麗夜～」

ティアとゼラが城の屋根に上って、俺を探している。

「わざわざ屋根に上らなくても」

くすりと胸が弾む。

昔は一人だった。でも今は違う。

心強い皆と一緒なら、何でも乗り越えられる。

「いよいよだ」

人間領の方向へ顔を向けた。

森が深く彼らを隠しているが、確かにこの先に、俺を虐めたクラスメイトが居る。

魔界の内乱の鎮圧し、亜人の国と協力関係を築けた。

ならば次にやることは決まっている。

まずは皇帝と和平だ。そうすれば、クラスメイトは勇者からタダの人間に格下げされる。

そして、いよいよ彼らとの戦いになる。

「決着を付けよう」

俺は胸に手を当てて、決意を固めた。

胸は高鳴っている。恐怖と緊張で寒気がある。

でも俺は一人じゃない。なら大丈夫だ。

「ティア！　ゼラ！」

俺は二人に手を振る。

「麗夜！」

二人が遠くからやって来る。それだけで心が温かくなる。

「異世界転移。最高だ」

ここへ来れて本当に良かった。

——完——

月が導く異世界道中
Tsukiga Michibiku Isekai Dochu
あずみ圭
Azumi Kei
1~15
8.5
シリーズ累計
160万部の
超人気作！
（電子含む）
2021年
TVアニメ化！
CV 深澄 真：花江夏樹
巴：佐倉綾音 澪：鬼頭明里
監督：石平信司 アニメーション制作：C2C
異世界へと召喚された平凡な高校生、深澄真。彼は女神に「顔が不細工」と罵られ、問答無用で最果ての荒野に飛ばされてしまう。人の温もりを求めて彷徨う真だが、仲間になった美女達は、元竜と元蜘蛛!?とことん不運、されどチートな真の異世界珍道中が始まった！
薄幸系男子の
成り上がり
ファンタジー、
開幕！
なんでだろう
親の都合で
異世界へ
●各定価：1320円（10％税込）
Illustration：マツモトミツアキ
1～15巻 好評発売中！
コミックス
1～8巻
好評発売中！
月が導く異世界道中
1
あずみ圭
木野コトラ
とことん不運、されどチート!!
漫画：木野コトラ
●各定価：748円（10％税込） ●B6判

神達が仲間なので、最強です

著 びーぜろ
Bi-zero

武器創造に身代わり、
瞬間移動だってできちゃう――

有能『影魔法』で一人旅も
悠々自適!

はぐれ者の
異世界ライフを
クセ強めの
神様達が完璧
アシスト!?

高校生の佐藤悠斗は、不良二人組にカツアゲされている最中、異世界に転移する。不良の二人が高い能力でちやほやされる一方、影を動かすスキルしか持っていない悠斗は不遇な扱いを受ける。やがて迷宮で囮として捨てられてしまうが、密かに進化させていたスキルの力でピンチを脱出! さらに道中で、二つ目のスキル『召喚』を偶然手に入れると、強力な大天使や神様を仲間に加えていくのだった――規格外の能力を駆使しながら、自由すぎる旅が始まる!

●ISBN 978-4-434-28783-1 ●定価:1320円(10%税込) ●Illustration:YuzuKi

この作品に対する皆様のご意見・ご感想をお待ちしております。

おハガキ・お手紙は以下の宛先にお送りください。

【宛先】

〒150-6008東京都渋谷区恵比寿4-20-3恵比寿ガーデンプレイスタワー8F
(株)アルファポリス　書籍感想係

メールフォームでのご意見・ご感想は右のＱＲコードから、
あるいは以下のワードで検索をかけてください。

ご感想はこちらから

本書はWebサイト「アルファポリス」(https://www.alphapolis.co.jp/) に投稿されたものを、改稿、加筆のうえ書籍化したものです。

異世界に転移したから モンスターと気ままに暮らします 3

ねこねこ大好き　著

2021年5月2日初版発行

編集－宮本剛・芦田尚
編集長－太田鉄平
発行者－梶本雄介
発行所－株式会社アルファポリス
〒150-6008東京都渋谷区恵比寿4-20-3恵比寿ガーデンプレイスタワー8F
TEL 03-6277-1601（営業）03-6277-1602（編集）
URL https://www.alphapolis.co.jp/
発売元－株式会社星雲社（共同出版社・流通責任出版社）
〒112-0005東京都文京区水道1-3-30
TEL 03-3868-3275
イラスト－ひげ猫
URL https://www.pixiv.net/users/15558289
デザイン－AFTERGLOW
印刷－図書印刷株式会社

価格はカバーに表示されてあります。

落丁乱丁の場合はアルファポリスまでご連絡ください。

送料は小社負担でお取り替えします。


ISBN978-4-434-28787-9 C0093